鴆

un manga de

YAYOHI MONZEN

Chapitre 1

Dans ce pays...
il existe un oiseau nommé zhen.
C'est un oiseau merveilleux qui se repaît de nourriture toxique...
transforme le poison qu'il absorbe en couleurs...
CLING
CLING
Mais sans s'en rendre compte...
les gens se sont laissés ensorceler par cette beauté.

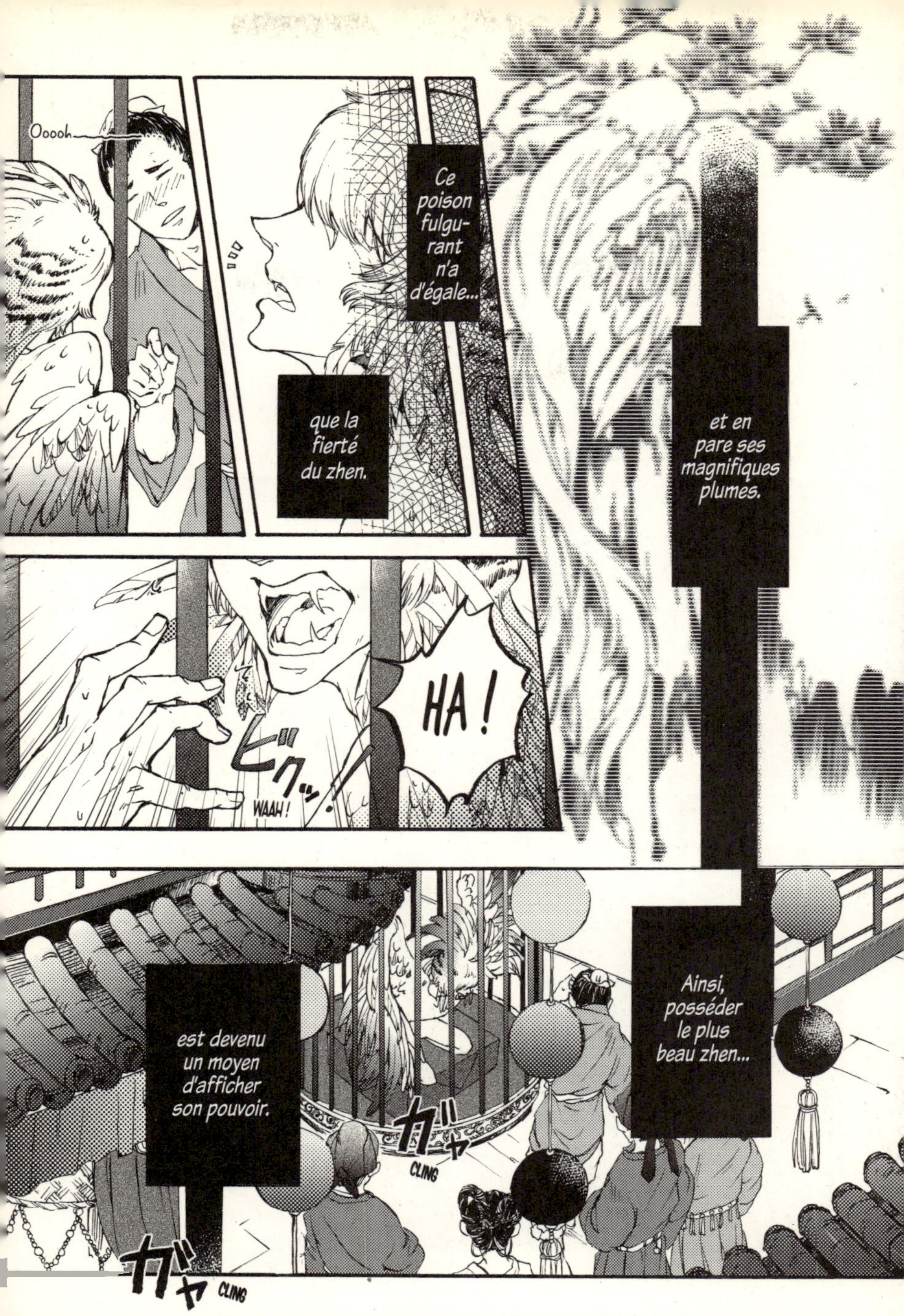

et en pare ses magnifiques plumes.
Ce poison fulgurant n'a d'égale...
que la fierté du zhen.
Ooooh
HA !
ビクッ
WAAH !
Ainsi, posséder le plus beau zhen...
est devenu un moyen d'afficher son pouvoir.
ガシャ
CLING
ガシャ
CLING

CLING
CLING
Oups Oups
HOLÀ ! ATTENTION, VOYONS !
VOUS SAVEZ POURTANT QUE LES ZHEN SONT AGRESSIFS !
CLANG
LEUR POISON EST SI PUISSANT QU'IL SUFFIT D'UNE SEULE MORSURE POUR ABATTRE UN ÉLÉPHANT. ILS POURRAIENT VOUS TUER EN UN INSTANT !
L'AUTRE JOUR, UN ÉLEVEUR TRÈS TALENTUEUX A ÉTÉ TUÉ PAR LE ZHEN QU'IL ÉLEVAIT.
CLING
CLING
SI VOUS NE VOULEZ PAS SUBIR LE MÊME SORT, OBSERVEZ-LE DE LOIN !
CLING
DIS, CET ÉLEVEUR QUI A ÉTÉ TUÉ...
OH, IL DOIT PARLER DE RAN.
J'HABITE PRÈS DE CHEZ LUI.
JE L'AI DÉJÀ VU PLUSIEURS FOIS AVEC SON ZHEN.

C'ÉTAIT QUELQUE CHOSE...
QUAND IL DÉPLOYAIT SES AILES, ON AURAIT VRAIMENT DIT UN ARC-EN-CIEL.
J'AVAIS JAMAIS VU DE ZHEN COMME CELUI-LÀ !
.....
ENFIN...
Mâche Mâche
MA FEMME LE DISPUTAIT SOUVENT : « NE LAISSEZ PAS SORTIR UNE BÊTE AUSSI DANGEREUSE ! », QU'ELLE DISAIT...
ET COMME QUOI, ELLE AVAIT RAISON.
DIRE QU'AVANT IL ÉTAIT CÉLÈBRE DANS LE MILIEU DE L'ÉLEVAGE...
SON FRÈRE ET LUI VENDAIENT BIEN LEURS ZHEN...
OH ? D'AILLEURS...
CLING
ガャ
JE ME DEMANDE CE QU'EST DEVENU LE PETIT FRÈRE...
ガャ
CELUI QUI AVAIT L'AIR UN PEU SÉVÈRE...

OH, T'ES PAS AU COURANT ?
LE PETIT FRÈRE, FEI, EST DEVENU MILITAIRE, SOUS LES ORDRES DE L'EMPEREUR.
IL A ENCHAÎNÉ LES PROMOTIONS ET MAINTENANT, IL EST GÉNÉRAL.
HEIN ? GÉNÉRAL !?
RIEN À VOIR AVEC L'ÉLEVAGE, HEIN !
ÇA C'EST UN HAUT RANG, JE L'ENVIE...
CLING
CLING
AAH ! MAÎTRE FEI, VOUS VOILÀ ENFIN DE RETOUR !
QU'EST-CE QUI SE PASSE ?

* Cai Hong : prononcer Tsai Hon (en insistant sur le H), signifie arc-en-ciel

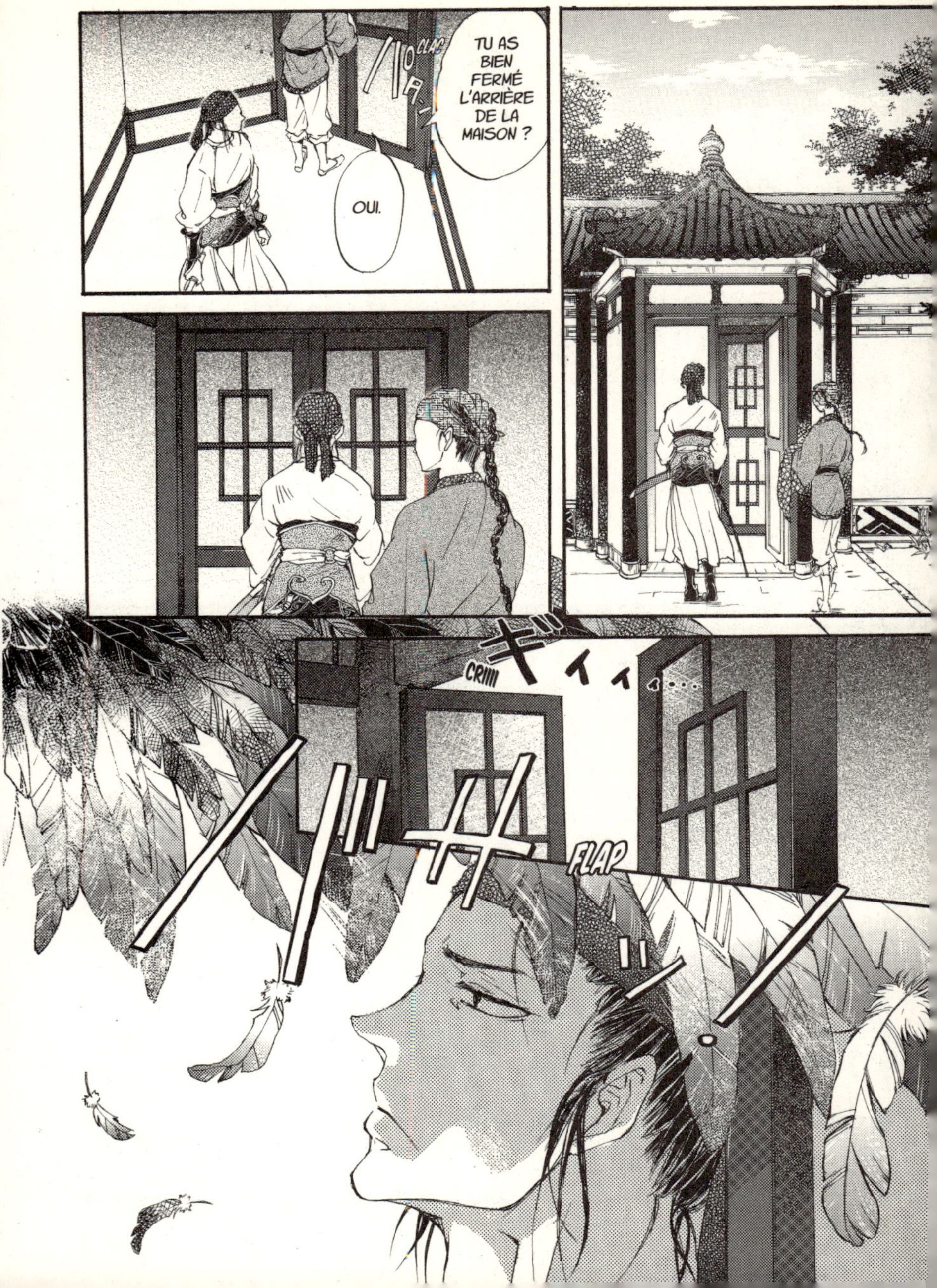
CLAC
TU AS BIEN FERMÉ L'ARRIÈRE DE LA MAISON ?
OUI.
CRIIII
FLAP

PLAF

TU ES VRAIMENT TÊTU.
PLAF
CAI HONG !
Mon frère, Ran...
ÇA VA...
JE LUI AI JUSTE FAIT UN PEU PEUR.
ET ARRÊTE AVEC CE FOUET.
qui s'est fait un nom dans l'élevage de zhen...

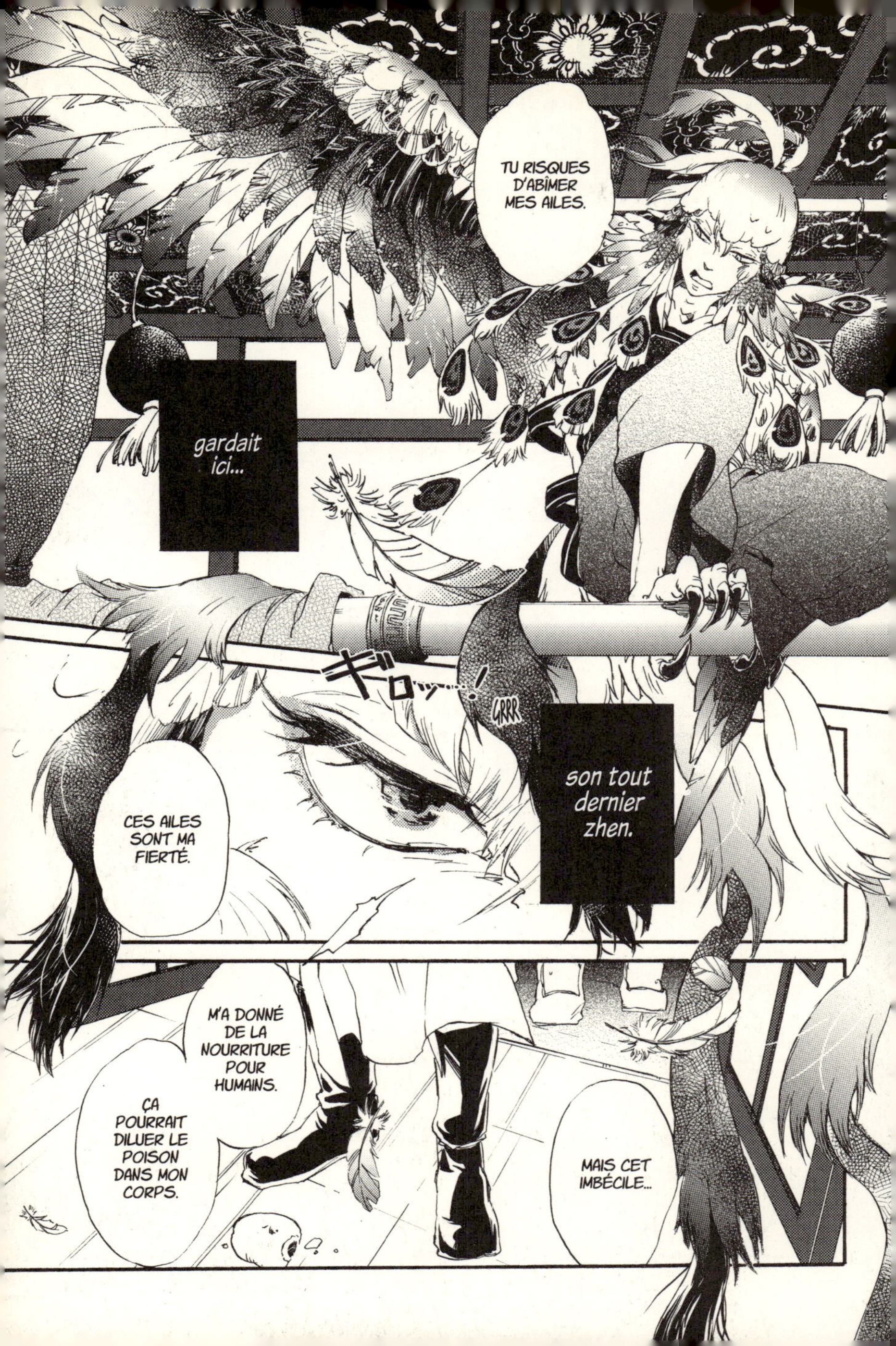
TU RISQUES D'ABÎMER MES AILES.
gardait ici...
ギロッ
GRRR
son tout dernier zhen.
CES AILES SONT MA FIERTÉ.
MAIS CET IMBÉCILE...
M'A DONNÉ DE LA NOURRITURE POUR HUMAINS.
ÇA POURRAIT DILUER LE POISON DANS MON CORPS.

AH !
DE LA NOURRITURE ?
POURQUOI TU LUI AS DONNÉ DE LA NOURRITURE NORMALE ?
COMME LES ZHEN SONT HABITUÉS AU POISON DANS LEUR CORPS...
LES DENRÉES SAINES QUE MANGENT LES HUMAINS RISQUENT PLUTÔT DE LES INTOXIQUER.
TU DEVRAIS POURTANT LE SAVOIR.

C'EST QUE...
IL EN MANGEAIT PARFOIS.
C'EST DIFFICILE À CROIRE, QUAND ON VOIT COMMENT IL AGIT MAINTENANT, MAIS...
C'ÉTAIT UN ZHEN TRÈS SOCIABLE, AVANT.
ENFIN... DISONS QU'IL SE SENTAIT SOUVENT SEUL.
ALORS IL DEMANDAIT À MANGER DE NOTRE NOURRITURE...
POUR AVOIR UN PRÉTEXTE POUR DÎNER AVEC NOUS.
Même s'il laissait tomber à la première bouchée...
QUAND SON CHANT DE NUIT DEVENAIT TROP PLAINTIF...
MAÎTRE RAN VENAIT DANS SON ENCLOS ET RESTAIT JUSQU'À CE QU'IL S'ENDORME.
.....
ALORS CETTE FOIS-LÀ...

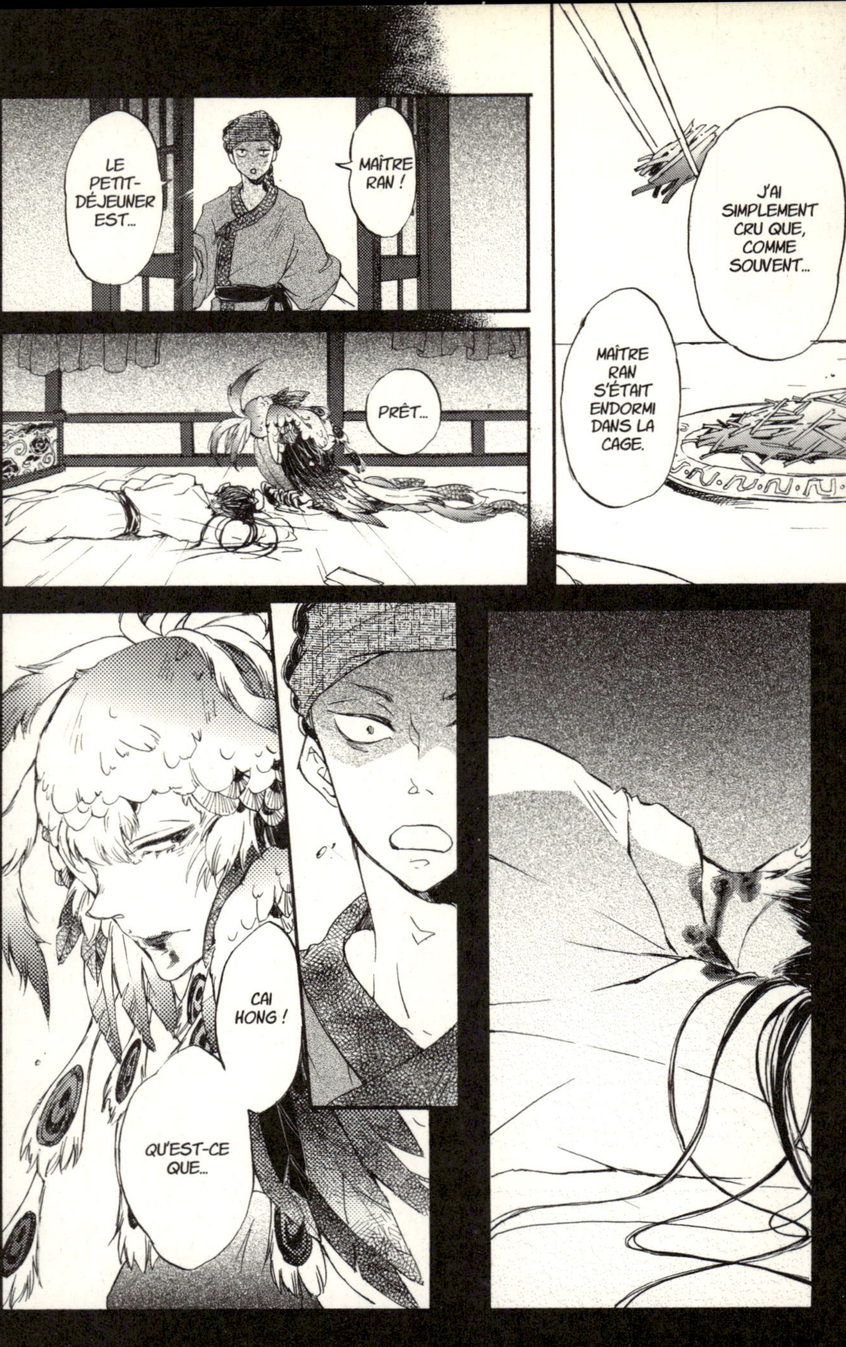
J'AI SIMPLEMENT CRU QUE, COMME SOUVENT...
MAÎTRE RAN S'ÉTAIT ENDORMI DANS LA CAGE.
MAÎTRE RAN !
LE PETIT-DÉJEUNER EST...
PRÊT...
CAI HONG !
QU'EST-CE QUE...

JE L'AI TUÉ.
C'EST MOI.
JE L'AI MORDU.
!
....
C'EST ...
Monsieur le Haut Maréchal...
comme convenu, je vous cède Cai Hong.
Cependant, j'ai une requête à vous faire.
Quoi qu'il arrive, n'achevez pas Cai Hong, je vous en prie.

Je compte sur vous...
pour veiller sur lui.
ALLONS DORMIR POUR L'INSTANT.
L'ENVOYÉ DU HAUT MARÉCHAL SERA LÀ DEMAIN.

CLAC
パタン…
CRIII
ギィィィ…
Fff
シン…

CAI HONG ?
Fff
Plaf
バサ
Plaf
バサ

IL VA FALLOIR QUE J'USE DU FOUET SUR CES AILES DONT TU ES SI FIER, POUR QUE TU COMPRENNES ?
POUR QUI TU ME PRENDS ? JE SUIS SOLDAT.
....
PFF...
GRR
JE SAIS...
QUE TU NE PEUX PAS FAIRE ÇA.
CAR JE SUIS...
UNE MARCHANDISE, N'EST-CE PAS ?

C'EST LE HAUT MARÉCHAL HUANG...
LE COMMANDANT SUPRÊME DES ARMÉES, ET TON SUPÉRIEUR...
À QUI ON M'A VENDU, N'EST-CE PAS ?
IL A TOUJOURS ÉPROUVÉ POUR MOI UN GRAND INTÉRÊT.
ET RAN A SIGNÉ L'ACCORD AVANT DE MOURIR.
COMME C'EST TON SUPÉRIEUR HIÉRARCHIQUE, TU NE PEUX RIEN FAIRE CONTRE MOI.
TU PARLES D'UN GUERRIER.
MÊME SI L'ENNEMI DE TON FRÈRE UNIQUE EST JUSTE SOUS TES YEUX...
TU ES IMPUISSANT.

BAM
C'EST PITOYABLE.
.....
C'EST VRAI...
JE...
JE SUIS PI-TOYABLE.
JE T'AURAIS ÉTRANGLÉ DE MES MAINS SI TU N'ÉTAIS PAS DÉJÀ VENDU.
SERRE
ET JE SERAIS EN TRAIN DE DÉVORER TA CHAIR SI ELLE N'ÉTAIT PAS GORGÉE DE POISON.

JE CONNAIS MILLE FAÇONS DE TE FAIRE SOUFFRIR SANS TE TUER.
MAIS...
MOI AUSSI, J'AI ÉTÉ ÉLEVEUR DE ZHEN AUTREFOIS.
SWIP
CAI HONG, JE SUIS SÛR...
QUE TU N'AS JAMAIS EXPÉRIMENTÉ L'EXCITATION SEXUELLE.

グイッ!
FFR
!?
AH...
QU'EST-CE QUE...
HN...
グニッ
GNII
BRR
MAIS...
N...
ARR...
....
HM...
BRR
BRR

H...
N...
NON...
D'ORDINAIRE, LES ÉLEVEURS...
S'ASSURENT QUE LEURS ZHEN NE SOIENT PAS ACTIFS SEXUELLEMENT.
Fff
LORSQU'ILS ÉJACULENT, ILS ÉVACUENT EN MÊME TEMPS LE POISON PRÉSENT DANS LEUR CORPS.
ET CETTE DÉTOXICATION EST DOULOUREUSE POUR LES ZHEN.
Squish
Squish
POUR UN ZHEN...
Gloups
LE DÉSIR DE SE LAISSER ALLER À CE PLAISIR AMER...
ha
haa
ET LA SOUFFRANCE QUE CELA GÉNÈRE... C'EST UNE FORME DE TORTURE.
hm
haa
ah

C'EST COMME EXTRAIRE L'ALCOOL DU SANG D'UN ALCOOLIQUE.
UNE DOULEUR INSUPPORTABLE.
C'EST PLUTÔT DE CIRCONSTANCE, JUSTEMENT, NON ?
PEUT-ÊTRE MÊME QUE CES COULEURS CRIARDES SUR TES AILES VONT S'ATTÉNUER.
N... NON... !
バタ
BOM
ARRÊTE...
TOUT SAUF ÇA...
BOM
バタ
HMM...
ha...
ha...
Ah
Ah !
COMPARÉ À MON FRÈRE QUI EST MORT EMPOISONNÉ DANS D'ATROCES SOUFFRANCES...
CE N'EST PAS GRAND-CHOSE, NON ?
haa...
FLAP
バサ
NON !
バサ
CES AILES...
SONT MA FIERTÉ !
バサッ !
FLAP

RAN AUSSI...
ha...
haa
ha
haa...
ADMIRAIT MES AILES...
haa...
IL VOULAIT ...
FAIRE DE MOI LE PLUS BEAU ZHEN DE CE PAYS...
IL ME L'AVAIT DIT ET POURTANT...
POURTANT...

POURQUOI...
Cui Cui
CE SONT LES RECOMMANDATIONS ALIMENTAIRES.
SI VOUS AVEZ LA MOINDRE QUESTION, N'HÉSITEZ PAS À ME CONTACTER.
CLING
ガッ
JE DOIS DIRE... QUE C'EST UN ZHEN SPLENDIDE.
LE HAUT MARÉCHAL SERA RAVI.

CEPENDANT, D'APRÈS CE QUE J'AVAIS ENTENDU DIRE, VOTRE FRÈRE N'AURAIT VENDU SON ZHEN POUR RIEN AU MONDE.
C'EST ÉTONNANT QU'IL SE SOIT RAVISÉ...
カラン…
FLAP
EUH, PARDON ...
ENFIN, JE PRÉSUME QU'ON NE LE SAURA JAMAIS.

BIEN, AU REVOIR.
CLANG
ガラ
ガラ
.....
MAÎTRE FEI.
MOI AUSSI, JE M'INTERROGE.
POURQUOI MAÎTRE RAN...
A-T-IL FINALEMENT DÉCIDÉ DE VENDRE CAI HONG ?
IL L'AIMAIT PRESQUE... COMME SON PROPRE ENFANT...

Cher petit frère...
tu sais...
une toute dernière fois...
j'aimerais élever...
le plus beau zhen du pays.
.....
QUI SAIT.

Zhenniao

[Aconit]

ha ! ha !
Ha !
RAN !
QU'EST-CE QUE... !
TAP
.....
QUE...
CHER PETIT FRÈRE...
CES OISEAUX QU'ON NOMME ZHEN...
SONT BIEN TRISTES.

UN OISEAU QUI N'EST PAS BEAU...
N'A VISIBLEMENT PAS DE VALEUR.

Chapitre 2

BLA
ON DIRAIT QUE LE HAUT MARÉCHAL HUANG EST DE TRÈS BONNE HUMEUR EN CE MOMENT.
C'EST LE MOINS QU'ON PUISSE DIRE.
BLA
MAIS C'EST NORMAL : IL A ENFIN MIS LA MAIN SUR CE ZHEN QU'IL CONVOITAIT DEPUIS SI LONGTEMPS.
TATAM
CE FAMEUX ZHEN ?
CELUI DU FRÈRE DU GÉNÉRAL FEI ?
OUAIS.
TATAM
TOUT LE MONDE S'ENTHOUSIASME À L'IDÉE DE BIENTÔT VOIR CETTE SUPERBE CRÉATURE.

TCHAC
GÉNÉRAL FEI !
LE HAUT MARÉCHAL VOUS DEMANDE.

.....
IL...
VOUDRAIT QUE VOUS VOYIEZ LE ZHEN.
IL VA BIENTÔT FAIRE UNE RÉVÉLATION PUBLIQUE DE SON ZHEN.
AUSSI, IL AIMERAIT QUE VOUS VÉRIFIIEZ SON ÉTAT ET...
COMMENT DIRE...
CES DERNIERS TEMPS, LE ZHEN SEMBLE ALLER MAL.
SES AILES ONT PERDU LEUR COULEUR...

PAR ICI JE VOUS PRIE.
AVEZ-VOUS BESOIN DE PROTECTIONS ?
NON, ÇA IRA.
IL SUFFIT DE FAIRE ATTENTION À NE PAS SE FAIRE MORDRE.
AH BON...
CRII
OH, VRAIMENT...
MAIS AVEC L'ACCIDENT DE VOTRE FRÈRE...

FFF
ス
AH.
GÉNÉRAL FEI !

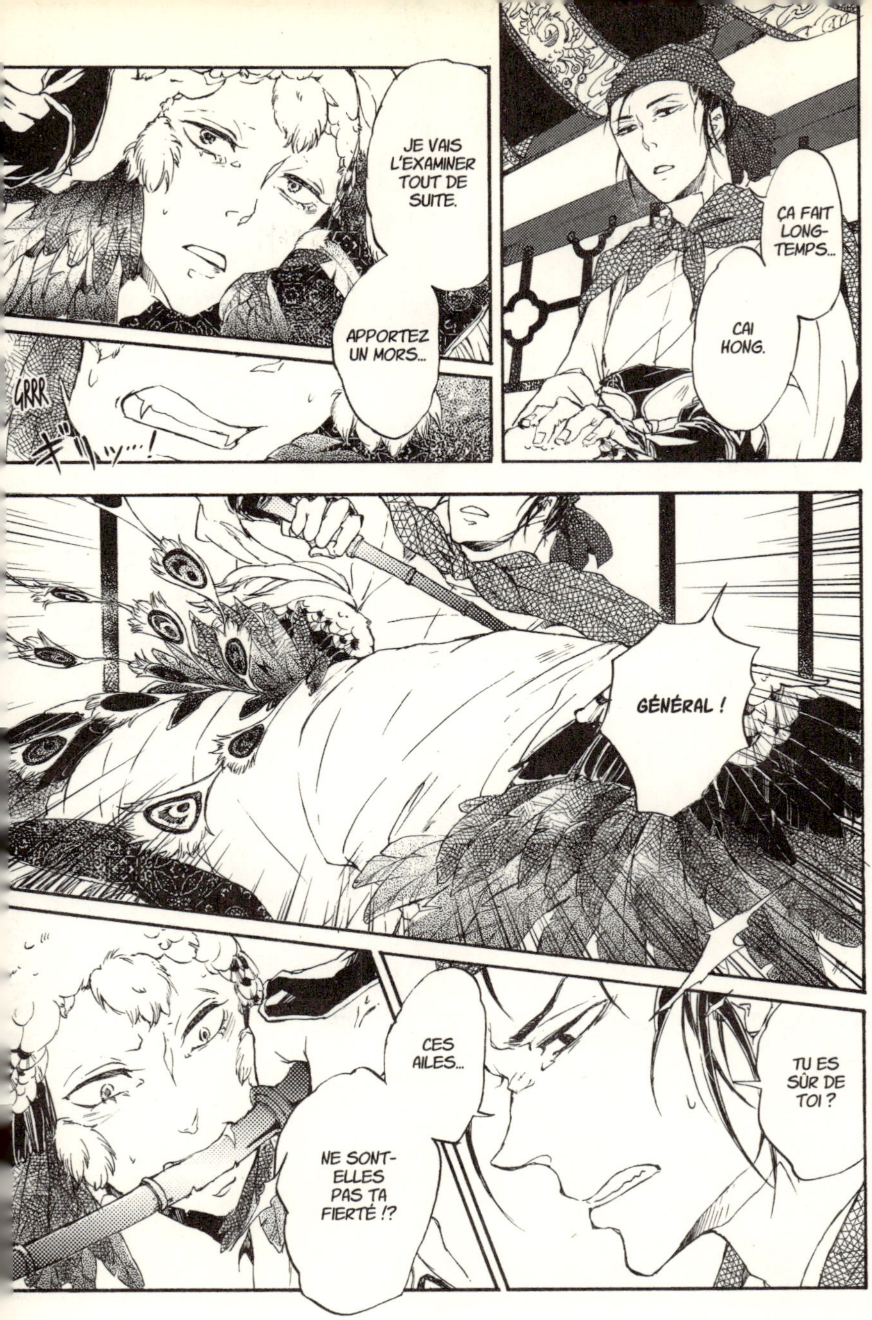
ÇA FAIT LONG-TEMPS...
CAI HONG.
JE VAIS L'EXAMINER TOUT DE SUITE.
APPORTEZ UN MORS...
GRRR
ギリッ…!
GÉNÉRAL !
TU ES SÛR DE TOI ?
CES AILES...
NE SONT-ELLES PAS TA FIERTÉ !?

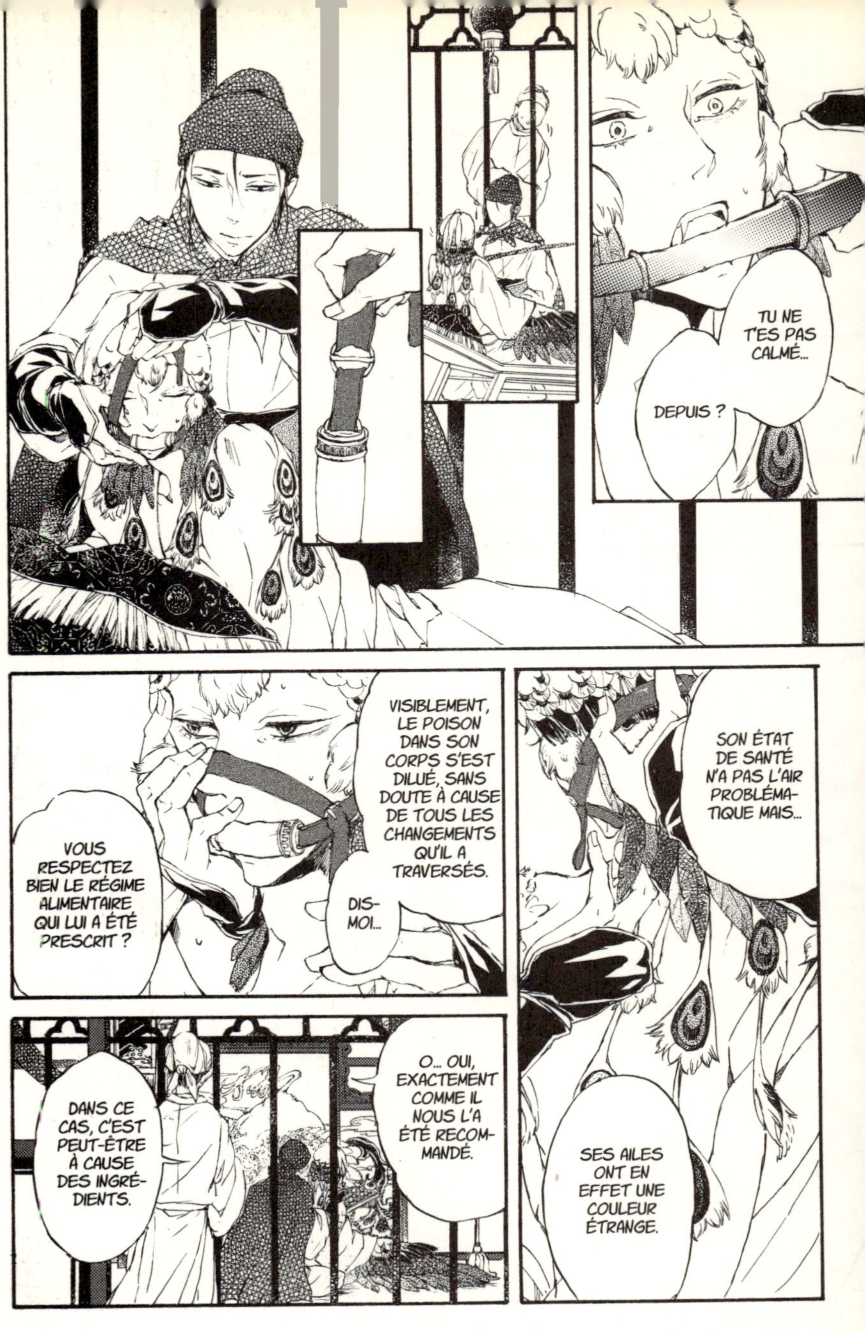
TU NE T'ES PAS CALMÉ...
DEPUIS ?
SON ÉTAT DE SANTÉ N'A PAS L'AIR PROBLÉMA-TIQUE MAIS...
SES AILES ONT EN EFFET UNE COULEUR ÉTRANGE.
VISIBLEMENT, LE POISON DANS SON CORPS S'EST DILUÉ, SANS DOUTE À CAUSE DE TOUS LES CHANGEMENTS QU'IL A TRAVERSÉS.
DIS-MOI...
VOUS RESPECTEZ BIEN LE RÉGIME ALIMENTAIRE QUI LUI A ÉTÉ PRESCRIT ?
O... OUI, EXACTEMENT COMME IL NOUS L'A ÉTÉ RECOM-MANDÉ.
DANS CE CAS, C'EST PEUT-ÊTRE À CAUSE DES INGRÉ-DIENTS.

LA PUISSANCE DES TOXINES DÉPEND PARFOIS DU LIEU ET DU TEMPS DE CULTURE POUR UN MÊME INGRÉDIENT.
GÉNÉRAL FEI.
TAP
TAP
JE VOUS PRIE DE M'EXCUSER MAIS LE HAUT MARÉCHAL HUANG...
ME FAIT VOUS DEMANDER SI VOUS ACCEPTERIEZ DE VOUS OCCUPER DU ZHEN...
D'ICI À SON EXPOSITION PUBLIQUE...
C'EST QUE...
J'AI MES OBLIGATIONS...
UN ZHEN QUI N'EST PAS BEAU...
NE PEUT PAS ÊTRE HEUREUX.
C'EST CE QUE DISAIT RAN.

.....
J'AI COMPRIS.
Frr
Frr
Tremble
MIAM !
Mâche
Mâche

GÉNÉRAL FEI...
C'EST DANGEREUX DE RESTER AUSSI PRÈS !
Éloignez-vous, enfin !
ÇA VA, JE VOUS DIS.
RETOURNEZ À VOTRE PRATIQUE.
JE VOUS REJOINDRAI QUAND J'AURAI TERMINÉ ICI.
BIEN... !
TAP TAP
SLURP SLURP
TIENS, SI TU AS ENCORE FAIM.
HUM HUM HUM
C'EST DE LA FLEUR D'ACONIT.

TU AIMES ÇA, NON... ?
OUI, MAIS...
MAINTENANT, J'AIMERAIS RETROUVER MES BELLES AILES...
ALORS JE PRÉFÉRERAIS MANGER DES RACINES PLUS RICHES EN POISON, PLUTÔT QUE DES FLEURS.
TU SAIS QUE POUR LES HUMAINS MÊME LA FLEUR EST MORTELLE ?
ENFIN, NE SOIS PAS SI DIFFICILE.
TU AS LE TEMPS D'ALLER MIEUX D'ICI À LA DÉMONSTRATION.
Fff

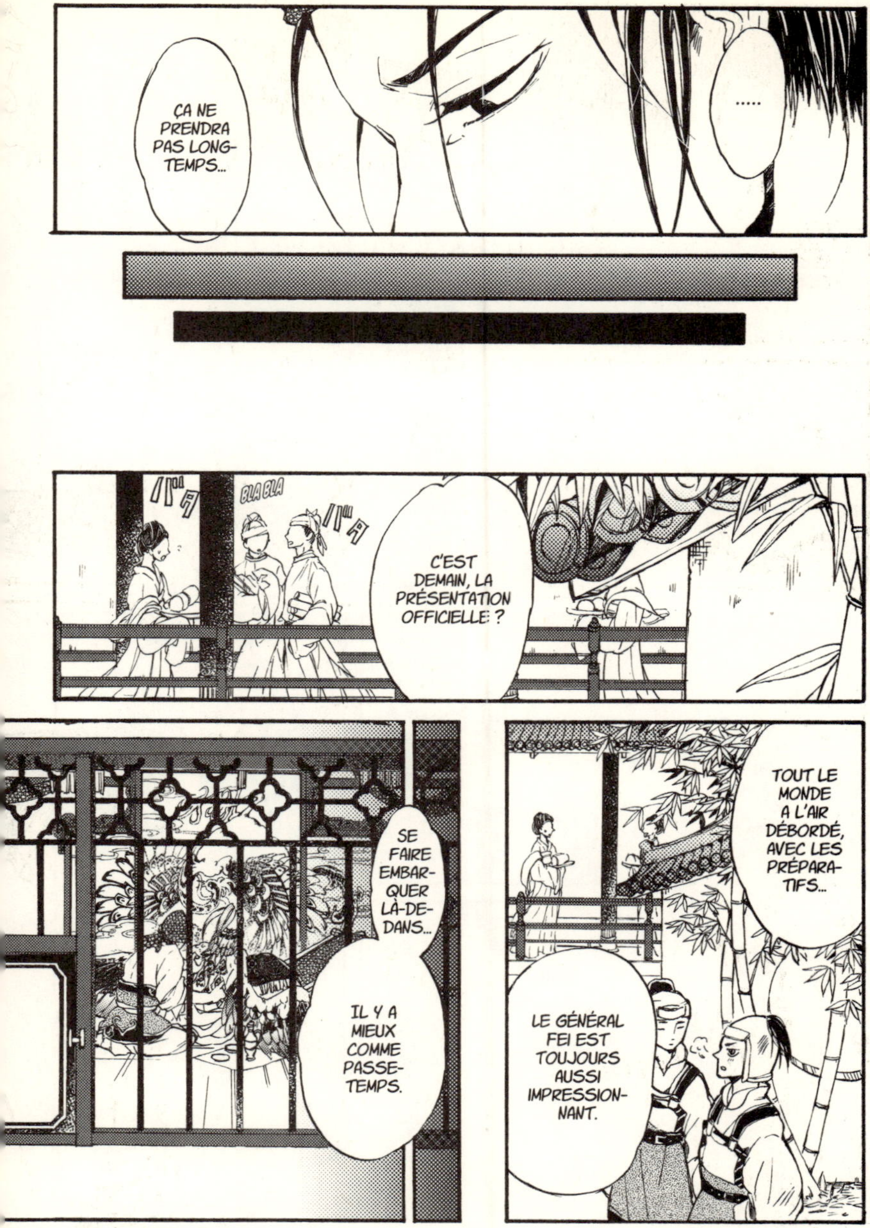
.....
ÇA NE PRENDRA PAS LONG-TEMPS...
バタ
BLA BLA
バタ
C'EST DEMAIN, LA PRÉSENTATION OFFICIELLE ?
TOUT LE MONDE A L'AIR DÉBORDÉ, AVEC LES PRÉPARA-TIFS...
LE GÉNÉRAL FEI EST TOUJOURS AUSSI IMPRESSION-NANT.
SE FAIRE EMBARQUER LÀ-DEDANS...
IL Y A MIEUX COMME PASSE-TEMPS.

LES COULEURS SUR TES AILES SONT RE-VENUES.
CLAC
BON... JE VAIS HUILER TES AILES POUR LES FAIRE BRILLER.
TU AS L'AIR D'ALLER MIEUX.
HUM...
Gloup

Fff
......
CAI HONG ?
Tremble
EST-CE QUE PAR HASARD TU...
HUM ...
FFRR
HN...!
BRRR
CLING
......
DEPUIS QUAND ?
CLING
HN...

PFHA...
ha
AVANT... DE VENIR... ICI..
ha
DEPUIS... L'AUTRE FOIS...
haa
ÇA ARRIVE... PARFOIS...
.....
JE SUPPOSE QUE ÇA A COMMENCÉ COMME ÇA.
ÇA A SUFFI...
MAIS JE NE VEUX PAS... TERNIR MES AILES, ALORS...
haa
JE ME RETIENS TOU-JOURS...
MAIS JE...
!?
SERRE

FWISH
......
JE N'AI PAS DE BLESSURE À LA MAIN... BIEN.
CLAC
DÉSOLÉ, C'EST MA FAUTE.
JE VAIS ESSAYER DE RÉPARER ÇA.
ATTENDS UN PEU...
FLAP
H... !

FfF...
......
HM...
SQUISH
SQUISH
SERRE
HN !
FLAP
HÉ, NE TE DÉBATS PAS.
TU VAS ABÎMER TES AILES.
FLAP
EN GÉNÉRAL, SI TU N'ÉJACULES PAS, TON DÉSIR NE POURRA PAS SE CALMER.
MAIS DE CE CÔTÉ...
ON PEUT JOUIR SANS ÉCOULEMENT DE SPERME.
SQUISH

DÉSOLÉ DE TE TRAITER COMME UNE FEMELLE...
PRENDS ENCORE UN PEU SUR TOI.
hn ...
squish
hm...
hn...
GÉNÉRAL FEI !
NOUS SOMMES DÉSOLÉS DE VOUS DÉRANGER, NOUS AVIONS UNE REQUÊTE...
ACCEPTERIEZ-VOUS DE NOUS RECEVOIR ?

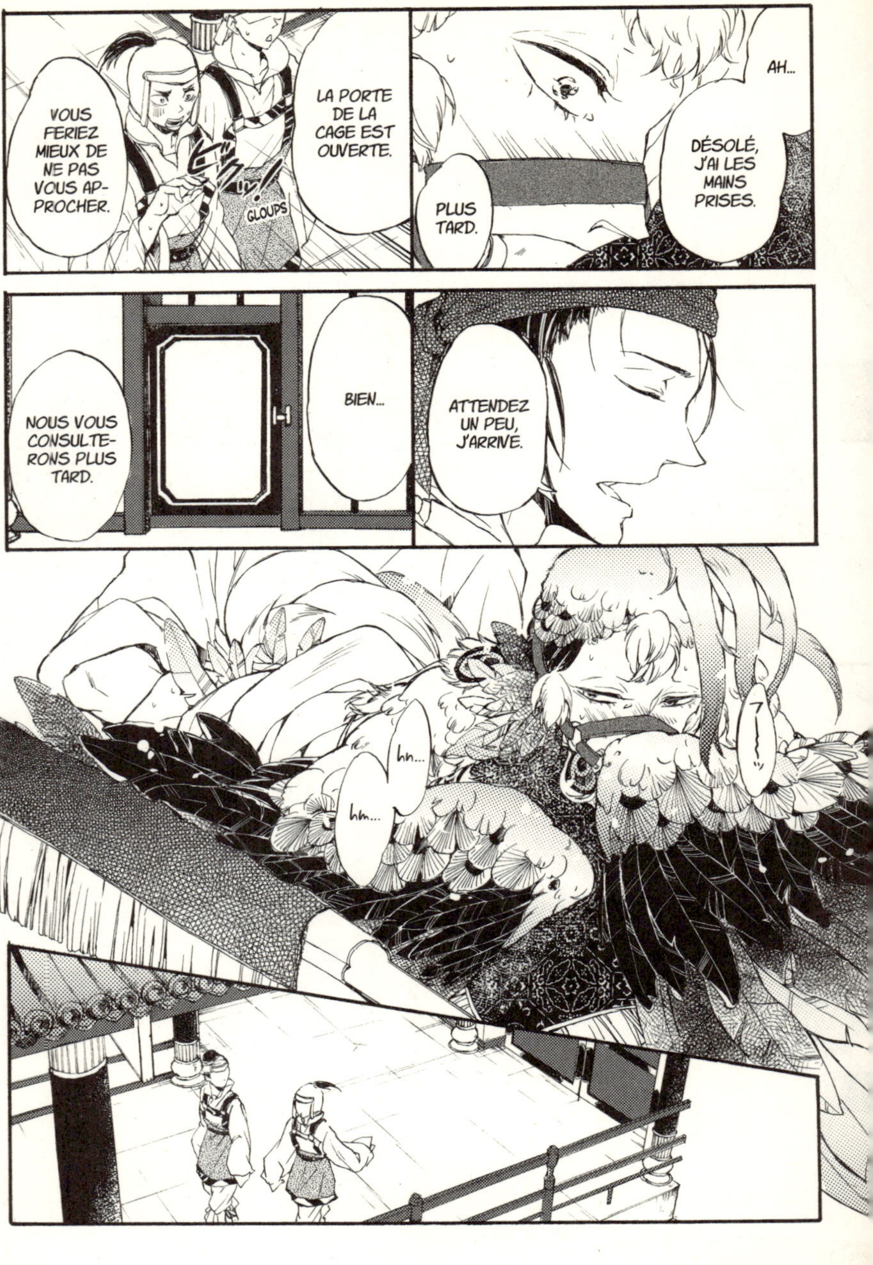
AH...
DÉSOLÉ, J'AI LES MAINS PRISES.
PLUS TARD.
LA PORTE DE LA CAGE EST OUVERTE.
VOUS FERIEZ MIEUX DE NE PAS VOUS APPROCHER.
GLOUPS
ATTENDEZ UN PEU, J'ARRIVE.
BIEN...
NOUS VOUS CONSULTERONS PLUS TARD.
hn...
hm...

CARESSE
GVIIII
h...
DIS, LE GÉNÉRAL FEI...
POURQUOI IL S'OCCUPE DU ZHEN QUI A TUÉ SON FRÈRE ? JE COMPRENDS PAS...
MÊME SI C'EST LES ORDRES DU HAUT MARÉCHAL...
C'EST COMPLÈTEMENT FOU D'UN POINT DE VUE EXTÉRIEUR !
Boude
.....
BAH, IL DOIT AVOIR SES RAISONS, NON ?

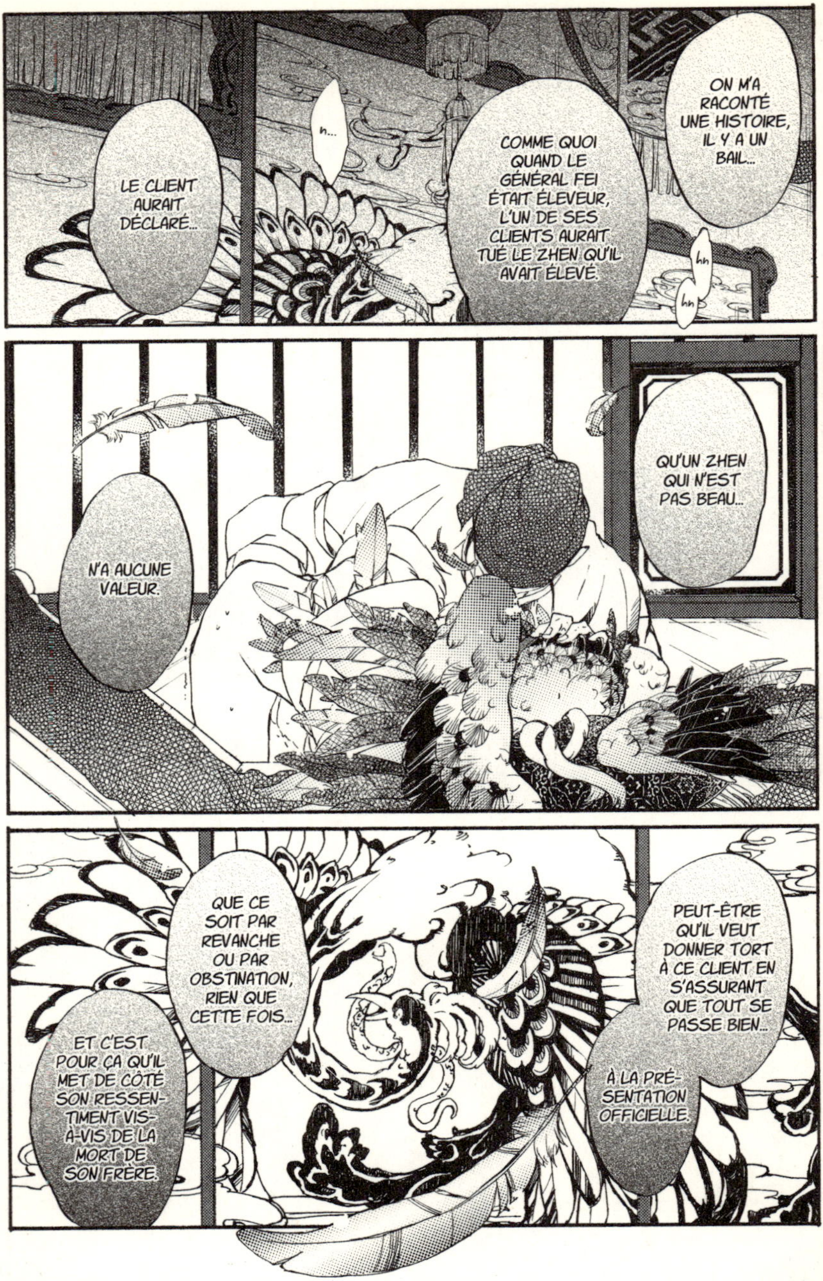
ON M'A RACONTÉ UNE HISTOIRE, IL Y A UN BAIL...
hn
hn
COMME QUOI QUAND LE GÉNÉRAL FEI ÉTAIT ÉLEVEUR, L'UN DE SES CLIENTS AURAIT TUÉ LE ZHEN QU'IL AVAIT ÉLEVÉ.
h...
LE CLIENT AURAIT DÉCLARÉ...
QU'UN ZHEN QUI N'EST PAS BEAU...
N'A AUCUNE VALEUR.
PEUT-ÊTRE QU'IL VEUT DONNER TORT À CE CLIENT EN S'ASSURANT QUE TOUT SE PASSE BIEN...
À LA PRÉSENTATION OFFICIELLE.
QUE CE SOIT PAR REVANCHE OU PAR OBSTINATION, RIEN QUE CETTE FOIS...
ET C'EST POUR ÇA QU'IL MET DE CÔTÉ SON RESSENTIMENT VIS-À-VIS DE LA MORT DE SON FRÈRE.

BAH, LE PROBLÈME RESTE QUE...
LE HAUT MARÉCHAL ABUSE DE SON POUVOIR.
ÉVITEZ DE CRITIQUER VOS SUPÉRIEURS ICI.
QUI VOUS DIT QU'ILS NE SONT PAS LÀ POUR ENTENDRE ?
DE FAÇON GÉNÉRALE, LE MARÉCHAL EST PAS DU GENRE CORRECT...
PFF
FRANCHEMENT !
HÉ !
OH ! GÉNÉRAL FEI, VOUS VOILÀ !
OH, NON...
JE VAIS DEVOIR ME REPOSER UN PEU POUR L'INSTANT.
J'AI ÉTÉ TROP EXPOSÉ AU POISON DU ZHEN.
VRAIMENT DÉSOLÉ, JE VOUS DIS À PLUS TARD.
OH !
WAOUH !

バサッ
FLAP

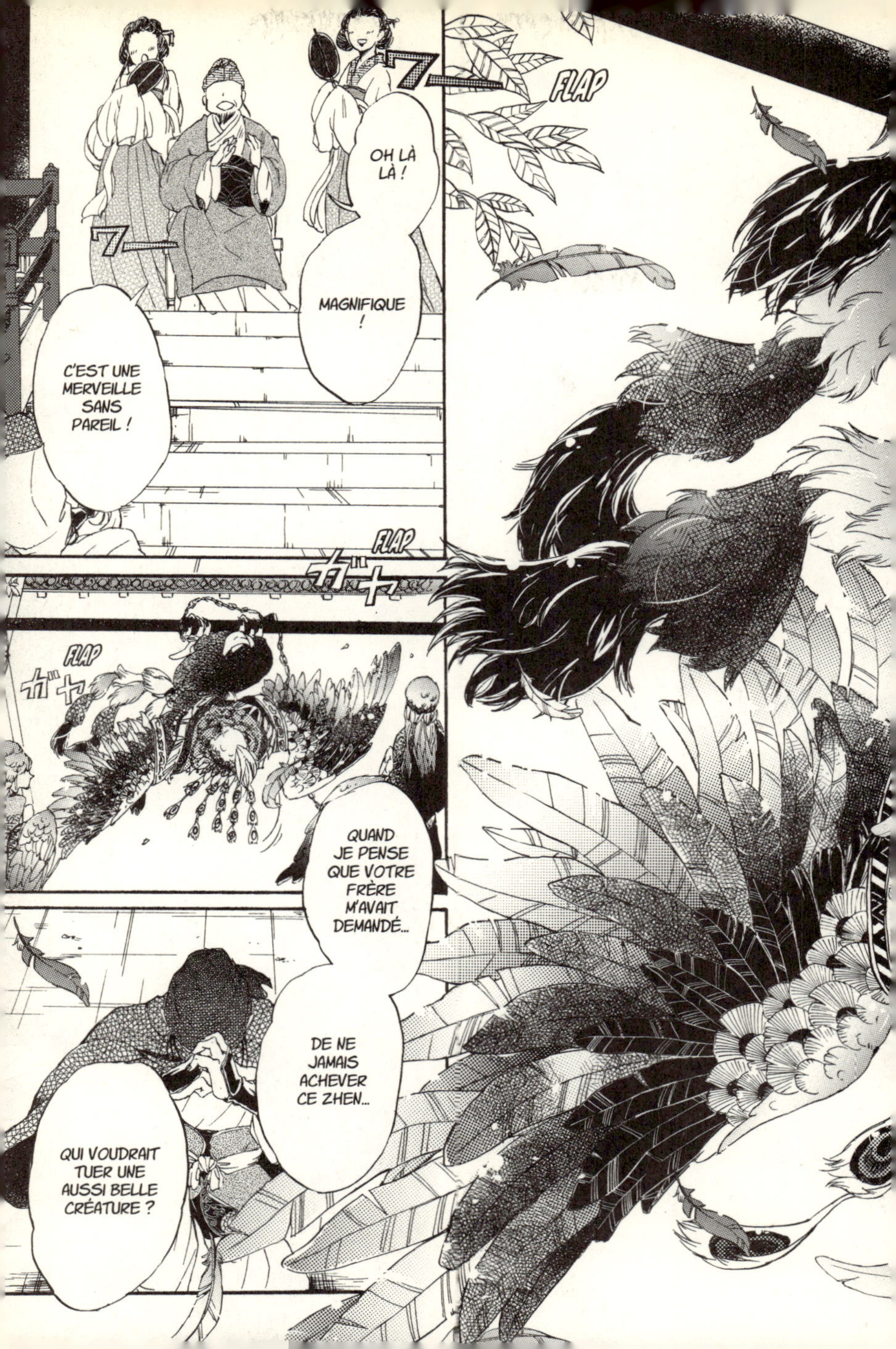
FLAP
OH LÀ LÀ !
MAGNIFIQUE !
C'EST UNE MERVEILLE SANS PAREIL !
FLAP
FLAP
QUAND JE PENSE QUE VOTRE FRÈRE M'AVAIT DEMANDÉ...
DE NE JAMAIS ACHEVER CE ZHEN...
QUI VOUDRAIT TUER UNE AUSSI BELLE CRÉATURE ?

CLING
ガチャ
AU FAIT, FEI...
TU N'ÉLÈVES PLUS DE ZHEN ?
CLING
ガチャ
TU ES DOUÉ POUR ÇA...
C'EST DU GÂCHIS, JE TROUVE.
J'Y PENSAIS AUSSI POUR TON FRÈRE...
LE ZHEN EST UN DES EMBLÈMES DE CE PAYS.
MÊME SI TU NE T'OC-CUPAIS QUE DE CELUI-CI, TU FERAIS FORTUNE...
MAIS JE RESTE UN GUERRIER...
ET JE SUIS SATISFAIT DES MÉ-RITES QUE J'AI GAGNÉS À LA GUERRE.
ET PUIS, JE...
JE ME SUIS PROMIS DE NE PLUS ÉLEVER DE ZHEN.

Chapitre 3

.....
IL EST TEMPS QUE JE M'ENGAGE.
!
.....
TU VEUX CESSER D'ÊTRE ÉLEVEUR ?
.....
パサッ...
FLAP
AVEC CET INCI-DENT, J'AI COMPRIS...
QUE LES ZHEN NE PEUVENT PAS ÊTRE HEUREUX MÊME SI ON S'OCCUPE BIEN D'EUX.

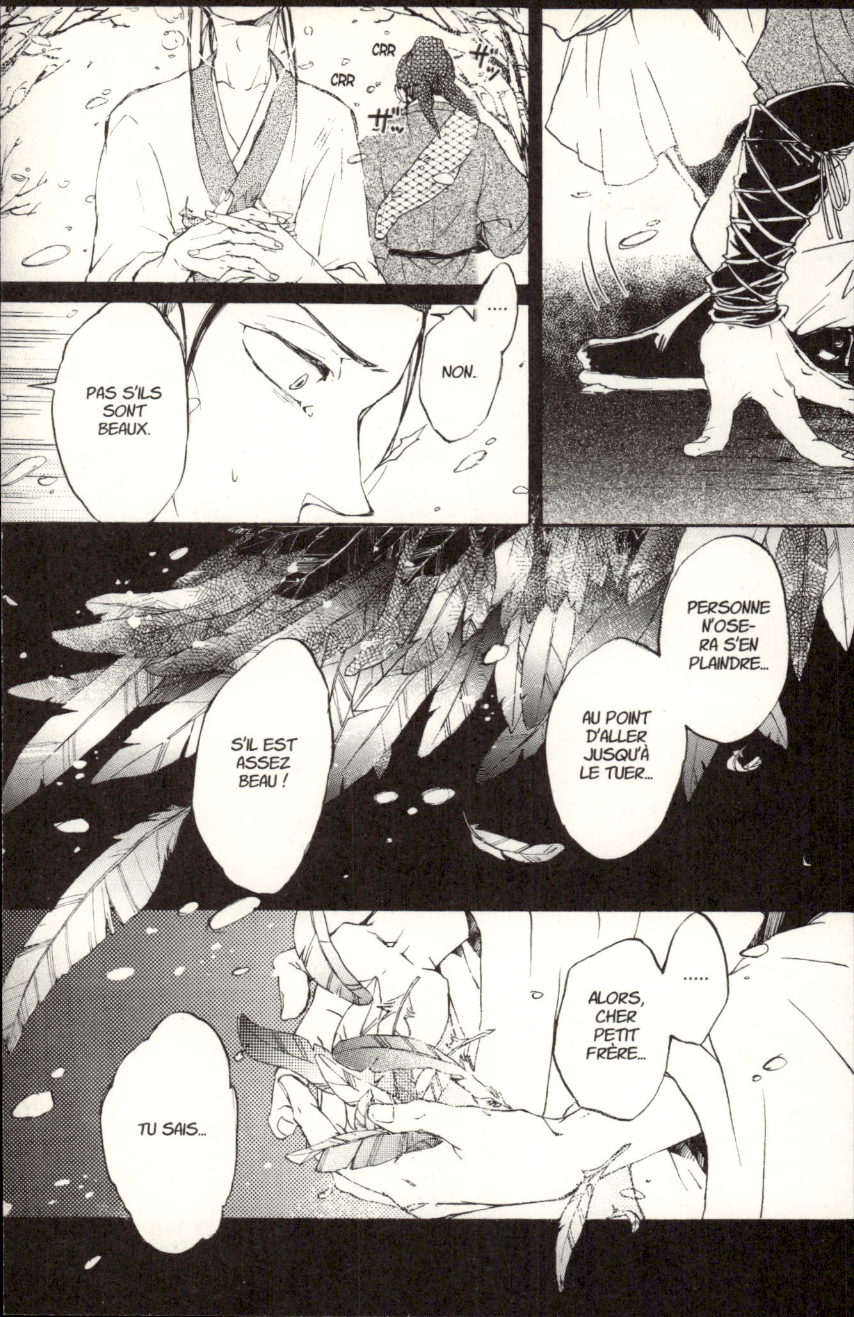
CRR
CRR
ザッ
ザッ
....
NON..
PAS S'ILS SONT BEAUX.
PERSONNE N'OSERA S'EN PLAINDRE...
AU POINT D'ALLER JUSQU'À LE TUER...
S'IL EST ASSEZ BEAU !
.....
ALORS, CHER PETIT FRÈRE...
TU SAIS...

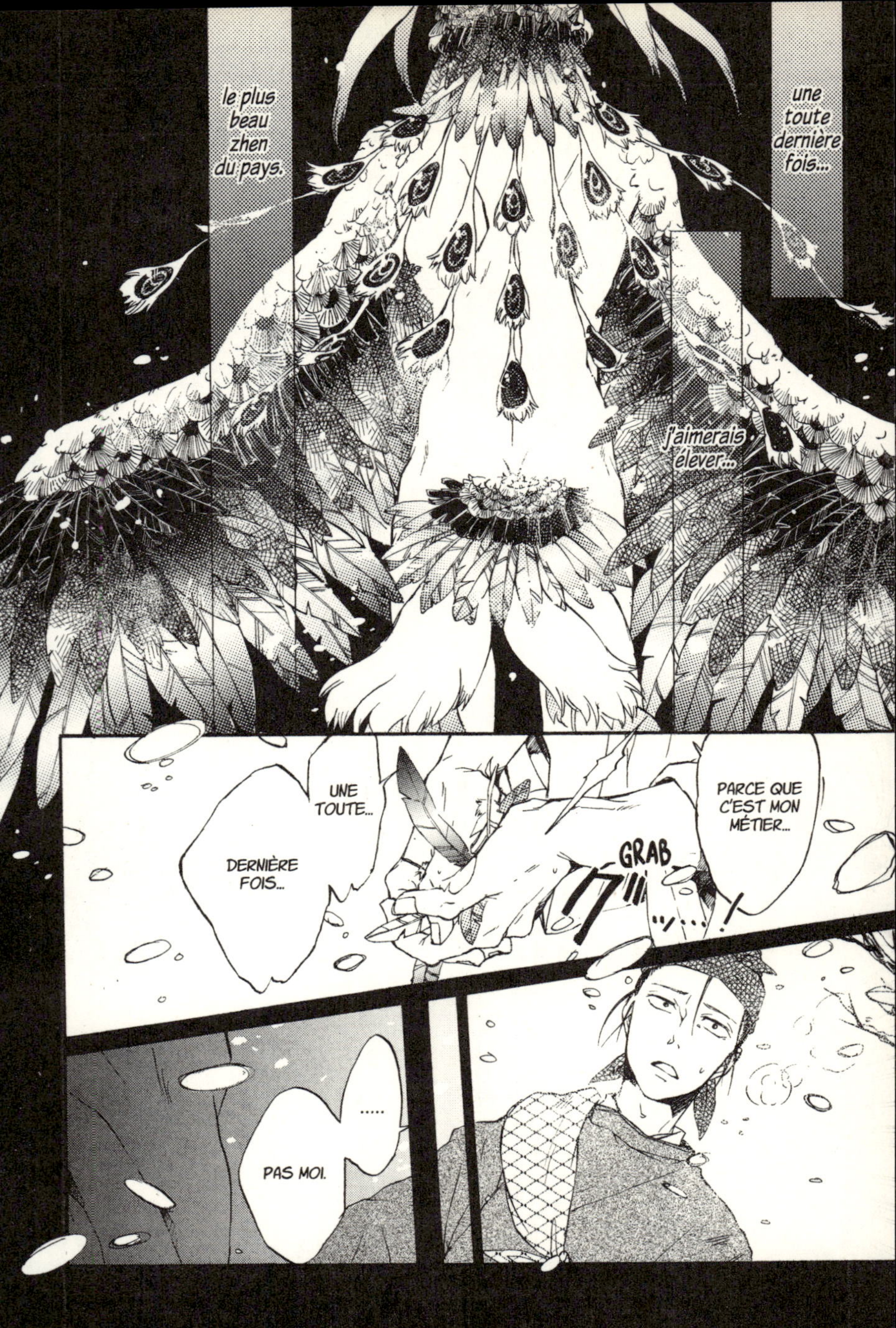

une toute dernière fois...
j'aimerais élever...
le plus beau zhen du pays.
PARCE QUE C'EST MON MÉTIER...
GRAB
...!
UNE TOUTE...
DERNIÈRE FOIS...
.....
PAS MOI.

JE NE VEUX PLUS FAIRE ÇA.
PLUS...
JAMAIS !
FLAP
♫ ♫ ♪
TAP
HA !

バサ
FLAP
バサ
FLAP
♪
バサッ
FLAP
IL A L'AIR D'ALLER BIEN, MAIN-TENANT.
ET... CE QU'ON DIT SEMBLE VRAI...
Comme les couleurs de mille poisons...
ses ailes...
res-semblent vraiment ...
à un arc-en-ciel.

C'est le zhen...
de mon frère.
TOC TOC
FLAP FLAP
ON T'EXPOSE AUJOURD'HUI AUSSI, JE CROIS ?
Pof Pof
C'EST L'HEURE.
DESCENDS DE LÀ.
LE HAUT MARÉCHAL EST AUSSI EXCENTRIQUE QUE TOI...
CLANG

DIS...
POURQUOI TU DOIS ME METTRE ÇA QUAND ON SORT ?
RAN ME LAISSAIT SORTIR LIBREMENT.
JE M'ADAPTE À LEUR FAÇON DE FAIRE À EUX.
CLING
TU FERAIS MIEUX DE T'Y HABITUER, MÊME SI ÇA NE TE PLAÎT PAS.
GRR
PFF !
LES GENS D'ICI, MÊME SI JE LES APPELLE, NE VIENNENT JAMAIS ME VOIR.
ET QUAND ENFIN ILS DAIGNENT SE MONTRER SANS QUE JE LEUR DEMANDE, ILS PORTENT DES GANTS, DES PIQUES ET DES CHAÎNES.
QUELLE BANDE DE LÂCHES !
C'EST CE QUI SE FAIT EN TEMPS NORMAL.
TU CROIS QU'ILS VONT S'APPROCHER DÉSARMÉS D'UNE CRÉATURE COMME TOI ?
OUI MAIS...
RAN ÉTAIT TOUJOURS...

VIUM
TAP
.....
C'EST TOI QUI PARLES DE LUI ?
TU OSES LE REGRETTER ALORS QUE TU L'AS TUÉ !
C...
.....

BREF.
ARRÊTE DE FAIRE TON DIFFICILE.
ヒュッ
VIUM
RAN N'EST PLUS LÀ.
ALORS...
TU N'AS PAS D'AUTRE CHOIX QUE DE TE FAIRE À CETTE VIE.
ギィィ---
CRIII
AAAH... AU DÉBUT CE ZHEN ME FICHAIT LA TROUILLE...
MAIS ON DIT QUE C'EST LE PLUS BEL OISEAU DU PAYS.
ON VOIT QUE C'EST VOUS, MAÎTRE FEI, QUI VOUS EN OCCUPEZ !
COMME QUOI VOUS AVEZ GARDÉ LE COUP DE MAIN !

CLING
JE NE FAIS QUE SUIVRE LES INSTRUCTIONS DE MON FRÈRE..
RIEN DE PLUS.
VOUS ÊTES ENCORE TROP MODESTE.
ALLEZ, JE TE CONFIE CAI FONG À PARTIR DE MAINTENANT.
JE DOIS M'OCCUPER DES TROUBLES RÉCENTS À LA FRONTIÈRE.
TIENS.
BRR
JE COMPTE SUR TOI.
ハサッ...
FFFF

Pff.
Hm.
Pff
MERCI DE T'OCCUPER DE LA MAISON.
OH, DE RIEN, J'AI DU TEMPS LIBRE.
POF
IL SEMBLE S'ÊTRE ACCLIMATÉ.
ÇA T'INQUIÉTAIT ?
....
EUH...
COMMENT SE PORTE CAI HONG ?
BRRR
OH LÀ LÀ...
OH, EUH, JE...
VU QU'IL SEMBLAIT MALADE, JE...
EN-FIN...
OH, EH BIEN...

C'EST VRAI QUE TU LE CONNAIS DEPUIS LONG-TEMPS...
TU...
PRÉPARAIS SES REPAS SOUS LA SURVEILLANCE DE MON FRÈRE...
SACHE QU'IL VA BIEN ET QU'IL EST PLUS BEAU QUE JAMAIS.
IL FAUT SEULEMENT QU'IL S'HABITUE À SON NOUVEL ENVIRONNEMENT.
C'EST UN ZHEN UNIQUE.
MÊME S'IL N'EST PAS COMMODE DE PRIME ABORD.
ENFIN...
C'EST COM-PLIQUÉ, COMME SITUA-TION.
OUI...
IL ÉTAIT VRAIMENT GÂTÉ, ICI...
AVEC MAÎTRE RAN.

....
DITES...
SERRE
MAÎTRE FEI, NE POUVEZ-VOUS PAS CONTINUER À VOUS OCCUPER DE CAI HONG ?
C'EST MAÎTRE RAN QUI A DIT...
QUE VOUS ÉTIEZ UN BON ÉLEVEUR.
C'EST HORS DE QUESTION !
J'AI JUSTE DONNÉ UN COUP DE MAIN PAR NÉCESSITÉ.
JE LEUR LAISSE LA SUITE.
JE NE SAIS PAS OÙ TU ES ALLÉ CHERCHER ÇA...
MAIS IL N'EST PAS QUESTION QUE JE REDEVIENNE ÉLEVEUR DE ZHEN.
J'AI ÉTÉ INCAPABLE DE FAIRE JAILLIR LES COULEURS SUR LEURS AILES.
CLAC

C'EST DIFFÉ-RENT...
POUR MON FRÈRE.
BREF.
JE ME SUIS JURÉ DE NE PLUS JAMAIS RECOMMEN-CER.
C'EST POUR ÇA QUE J'AI QUITTÉ LA MAISON ET...
TIENS ?
CETTE CANNE EST SACRÉMENT USÉE.
D'OÙ ELLE SORT ?
EUH ? OH...
C'EST...
LA CANNE DE MAÎTRE RAN.
FWAP

MAÎTRE RAN...
AVAIT FRÉQUEMMENT DE LA FIÈVRE...
COMME SES JAMBES LUI FAISAIENT DÉFAUT, IL S'AIDAIT...
TAP
DE CETTE CANNE.
....
CAI HONG.
ギィィイ・・・
CRIII

J'AI QUELQUE CHOSE À TE DE-MANDER.
.....
J'ENTRE.
TU ES BIEN SILEN-CIEUX.
D'HABITUDE TU CRIES, LA NUIT, NON ?
.....
QUAND JE CRIE ICI, ILS VIENNENT ARMÉS DE FOUETS.
.....
AH BON.
CLAC

FLAP
GLOUPS
FLAP
FLAP
......
ÇA IRA COMME ÇA ?
JE SUIS DÉSARMÉ.

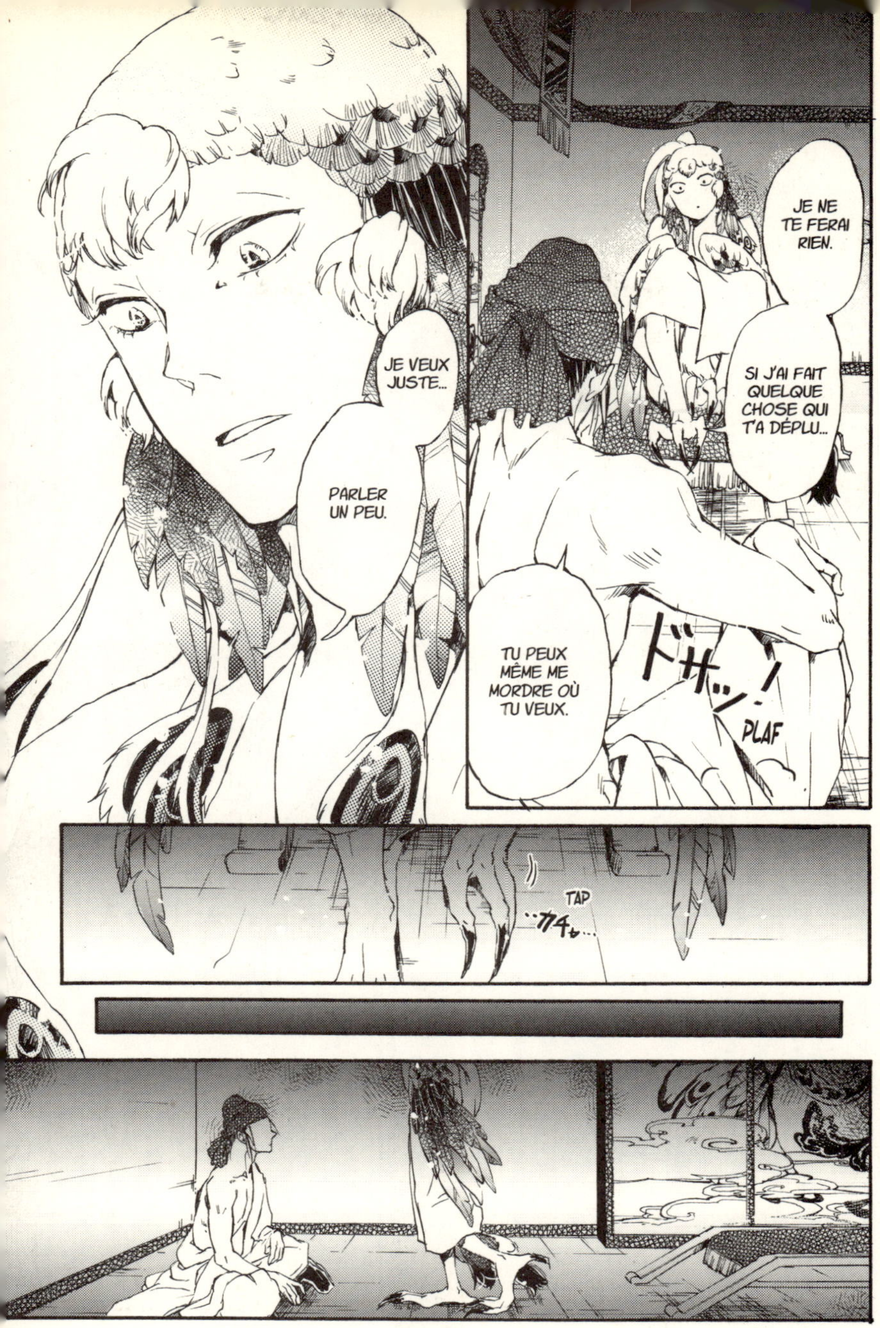
JE NE TE FERAI RIEN.
SI J'AI FAIT QUELQUE CHOSE QUI T'A DÉPLU...
TU PEUX MÊME ME MORDRE OÙ TU VEUX.
ドサッ！
PLAF
JE VEUX JUSTE...
PARLER UN PEU.
TAP

DANS CE CAS...
LAISSE-MOI TESTER TON COURAGE.
FFF
スッ...
FROTTE
クイ...
SI VRAIMENT TU ME LAISSES TE FAIRE TOUT CE QUE JE VEUX...
ET QUE TU ARRIVES À RESTER ICI JUSQU'À L'AUBE SANS JAMAIS RÉSISTER...
ALORS ON POURRA PARLER AUTANT QUE TU VOUDRAS.

LAISSE-MOI…
ÊTRE ÉGOÏSTE POUR CETTE FOIS.
D'ACCORD ?
グイッ!
SERRE
…..
COMME TU VEUX.

Slurp
ツッ…
GLISSE
Smaaack…
HN…
…..
SMACK
SMACK
SMACK
TREMBLE

.....
HÉ.
C'EST ÇA TON TEST DE COURAGE ?
SLURP !
ET... !
FROTTE
すり…
TU TREMBLES.
TU SAIS QUE SI TU DÉRAPES, JE SUIS MORT ?
HU HU.
BEN ALORS ?
TU AS TOUJOURS L'AIR IMPASSIBLE...
POURTANT TU RÉAGIS MÊME AVEC MOI.
.....
J'AI PAS EU DE TEMPS POUR ÇA DERNIÈREMENT.
ON SE DEMANDE À QUI LA FAUTE...
FROTTE

ALORS, IL FAUDRAIT PEUT-ÊTRE QUE...
JE SOIS TON AMANT ?
TOI ?
TU VEUX VRAIMENT ME TUER ?
SANS RIRE...
.....
JE VOIS.
TU VEUX ME RENDRE LA PAREILLE ?
.....
DEPUIS LA PREMIÈRE FOIS, TOUT A CHANGÉ POUR MOI.
MON CORPS A DES SORTES DE CHALEURS INCONTRÔLABLES...
JE FAIS DES RÊVES ÉTRANGES...
FROTTE
グリ
FROTTE
グリ
ET JE RESSENS LE BESOIN VISCÉRAL D'AVOIR UN PARTENAIRE.

C'EST BIZARRE...
JE NE DEVRAIS PAS VOULOIR FAIRE ÇA...
.....
.....
JE...
ME DEMANDE SI JE NE SUIS PAS EN TRAIN DE DEVENIR CETTE FEMELLE DONT TU PARLAIS.
.....
.....

TREMBLE
…モゾッ
TREMBLE
モゾ
モゾ
.....
TU NE SAIS MÊME PAS CE QUE C'EST DE COPULER.
JE VAIS T'AIDER.
C'EST MON PROBLÈME, APRÈS TOUT.

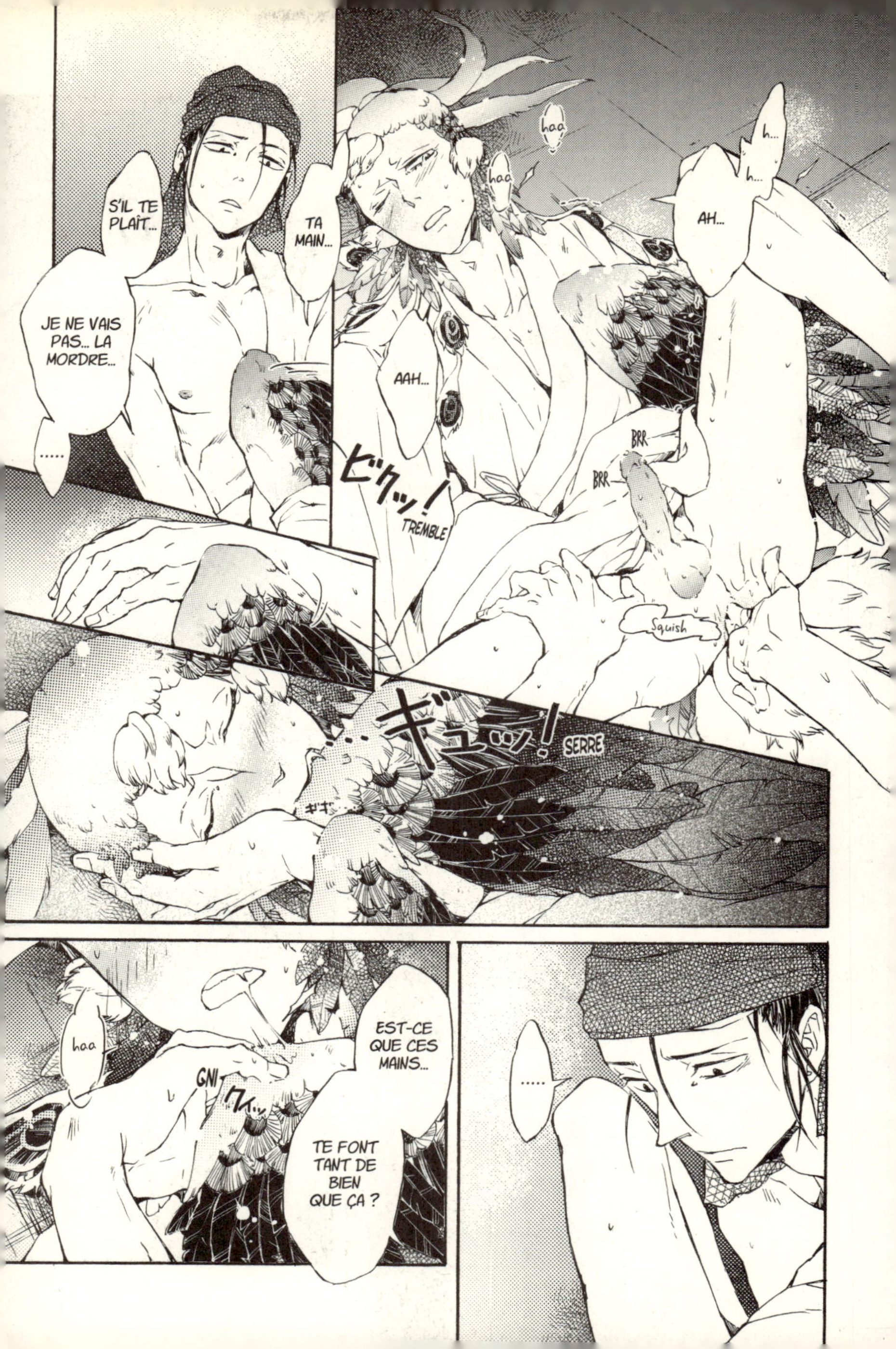
haa
haa
h...
h...
AH...
AAH...
ビクッ!
TREMBLE
BRR
BRR
Squish
TA MAIN...
S'IL TE PLAÎT...
JE NE VAIS PAS... LA MORDRE...
.....
ギュッ!
SERRE
ギギ
.....
EST-CE QUE CES MAINS...
TE FONT TANT DE BIEN QUE ÇA ?
haa
GNI
クイッ

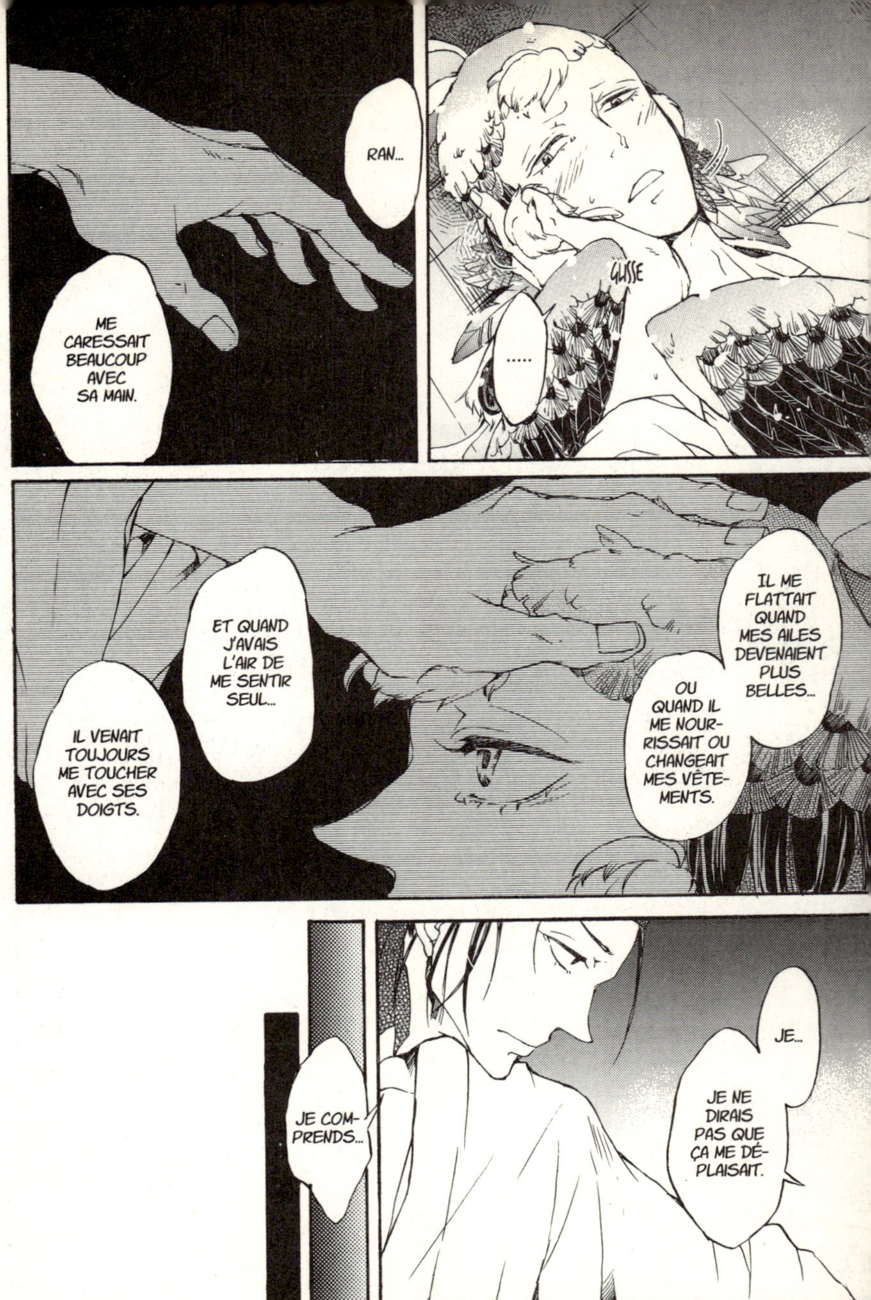
GLISSE
.....
RAN...
ME CARESSAIT BEAUCOUP AVEC SA MAIN.
IL ME FLATTAIT QUAND MES AILES DEVENAIENT PLUS BELLES...
OU QUAND IL ME NOURRISSAIT OU CHANGEAIT MES VÊTEMENTS.
ET QUAND J'AVAIS L'AIR DE ME SENTIR SEUL...
IL VENAIT TOUJOURS ME TOUCHER AVEC SES DOIGTS.
JE...
JE NE DIRAIS PAS QUE ÇA ME DÉPLAISAIT.
JE COMPRENDS...

PURIFIE-TOI SOIGNEUSEMENT.
IL NE FAUT PAS QUE TU T'INTOXIQUES.
PAS BESOIN DE T'INQUIÉTER DE M'EMPOISONNER.
JE L'AURAIS FAIT DE TOUTE FAÇON.
......
HM...
TU N'AS PAS BESOIN DE VENIR DEMAIN.

JE SAIS QUE TU ES OCCUPÉ.
JE VAIS ARRÊTER D'ÊTRE ÉGOÏSTE.
TU M'AS BEAUCOUP TOUCHÉ, ÇA ME SUFFIT COMME ÇA.
?
QU'EST-CE QUI T'ARRIVE ?
JE PEUX ME DÉGAGER UN MOMENT POUR VENIR, QUAND MÊME.
.....
DIS, TU...
TU AS AIDÉ MON GRAND FRÈRE, PAS VRAI ?

JE VIENS SEULEMENT DE L'AP-PRENDRE.
Eh bien, ça a très mal fini et...
il aurait fallu vivre avec nous pour se rendre compte qu'il avait vraiment besoin de soutien mais...
en fait...
Cai Hong...
faisait beaucoup d'efforts pour lui.
Il l'aidait à marcher ...
il lui apportait le matériel dont il avait besoin...
dans la mai-son...
comme à l'exté-rieur...
de celle-ci.

JE NE SAVAIS RIEN DE TOUT ÇA.
J'ÉTAIS TOUJOURS ABSENT...
JE NE SAVAIS MÊME PAS QU'IL AVAIT DU MAL À MARCHER.
.....
MERCI.
GRR
ギリッ!
POURQUOI TU ME SORS ÇA ?
TU SAIS...
TU SAIS POURTANT QUE J'AI TUÉ RAN !
JE L'AI...
.....

BAOM
GÉNÉRAL FEI !
VOUS ÊTES LÀ ?!
BAOM
NOUS SOMMES ATTAQUÉS !!
DES FORCES ARMÉES ONT PASSÉ LA FRONTIÈRE OUEST !
QUELLES SONT VOS INSTRUCTIONS...
BAOM
NOUS PARTONS SUR LE CHAMP !

.....
MERDE !
TAP
IL FALLAIT QUE CE SOIT MAINTENANT...
CLAC
.....
DIS, CAI HONG.
SERRE
.....
TU VEUX SORTIR ?

DANS LA PRÉCIPITATION...
JE POURRAIS AVOIR OUBLIÉ DE FERMER LA CAGE...
SI TU VEUX...
...
FLAP

C'EST IMPOSSIBLE.
JE N'AI PAS DE MAINS.
JE NE PEUX PAS ME VÊTIR MOI-MÊME.
JE NE SAIS PAS NON PLUS COMMENT VIVRE SEUL DANS LA NATURE.
JE NE SAIS RIEN FAIRE.
ALORS, JE...
N'AI PAS D'AUTRE CHOIX QUE DE RESTER LÀ.
.....
D'AC-CORD.
CLAC

[Laurier-rose]

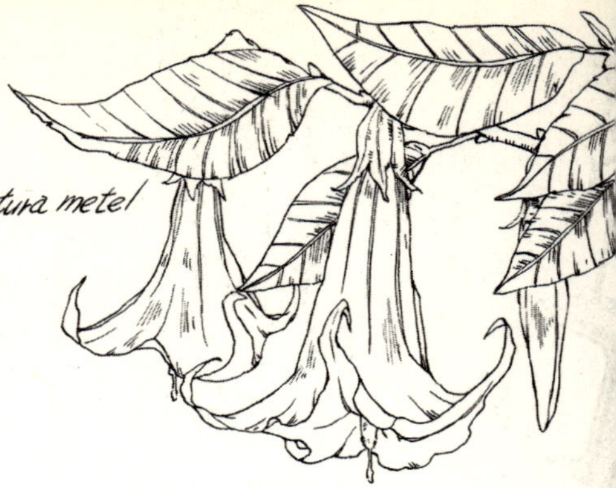

Datura metel

J'AI TUÉ RAN...
TA SEULE FAMILLE...
TU N'AS AUCUNE RAISON DE M'AIDER, NON ?
POURQUOI TU IRAIS JUSQUE-LÀ POUR MOI ?
.....
LE ZHEN QUE J'ÉLEVAIS AUSSI...
AIMAIT LES CARESSES DE MA MAIN.

Chapitre
4

C'EST FOU... IL N'Y A VRAIMENT QUE TOI POUR ÉLEVER COMME ÇA...
UN OISEAU MONDIALE-MENT RÉPUTÉ POUR SON POISON MORTEL !
Hahaha !
MON PETIT FRÈRE EST INCROYABLE !
N'EM-PÊCHE...
IL AIME ÉNORMÉMENT TES CARESSES.
FROTTE
C'EST UNE MAUVAISE CHOSE ?
NON...
MOI AUSSI J'AIMERAIS EN ÉLEVER UN COMME ÇA, JUSTEMENT.

Tu vas devenir un merveilleux éleveur de zhen...
petit frère.
AAAAH !
RHAAAA !!
カキイン！
CLING
AAAAAH !

RETIRONS-NOUS.
BLA
BLA
BLA
NOUS DEVONS FAIRE NOTRE RAPPORT.
ガヤ
AIDEZ LES BLESSÉS.
……
OH HISSE…
JE…
JE SUIS SOULAGÉ.
J'AVAIS CRU UN MOMENT QU'IL RETOURNERAIT À SON ACTIVITÉ D'ÉLEVEUR DE ZHEN MAIS…
MAÎTRE FEI EST UN GRAND GÉNÉRAL.

LE ZHEN QUE...
TU AVAIS...
ÉLEVÉ... ?
OH...
IL AIMAIT COMME TOI QU'ON LE CARESSE.
MAIS CONTRAIRE-MENT À TOI, SES AILES N'ÉTAIENT PAS BELLES.
N'EMPÊCHE QU'IL ÉTAIT ADORABLE.
IL ÉTAIT LOIN D'ÊTRE AUSSI DIFFICILE QUE TOI...
SLURP
MÊME S'IL ME MORDAIT DE TEMPS EN TEMPS.
QUOI !?
IL TE... MORDAIT ?
MAIS COMMENT AS-TU SURVÉCU À...
ガヤ
DAM
Rassem-ble-ment !
Ap-pelez des ren-forts ......
DAM
ガヤ

AVANT, J'ÉTAIS INCAPABLE DE FAIRE RESSORTIR DES COULEURS D'UN ZHEN...
.....
PARCE QU'IL AVAIT TRÈS PEU DE POISON EN LUI.
ALORS IL M'A DIT QU'IL PRÉFÉRAIT ENCORE...
QUE JE LE SÈVRE DE TOUT POISON.
JE L'AI ÉCOUTÉ.
POU...
POURQUOI...
.....
EH BIEN... LA COULEUR DE SES AILES N'ÉTAIT PAS BELLE...
ET IL SOUFFRAIT PHYSIQUEMENT ET MORALEMENT...
MAIS ÇA LUI PERMETTAIT DE RESTER AVEC NOUS...

SANS QU'IL PUISSE NOUS FAIRE DE MAL.
AH...
BON...
CONSIDÉRANT QU'UN ZHEN QUI N'EST PAS BEAU N'A AUCUNE VALEUR.
.....
ON ÉTAIT DÉVAS-TÉS.
MAIS UN CLIENT L'A TUÉ...
ON NE POUVAIT RIEN FAIRE DE LUI, MAIS ON L'AIMAIT BEAUCOUP, L'UN COMME L'AUTRE, IL FAISAIT PARTIE DE LA FAMILLE.

JE PENSAIS QU'AVEC SON CARACTÈRE AFFECTUEUX, IL SERAIT BIEN ACCUEILLI OÙ QUE CE SOIT.
JE ME TROMPAIS.
.....
.....
C'EST POUR ÇA QUE JE N'ÉLÈVE PLUS DE ZHEN.
MON FRÈRE PEN-SAIT...
QUE TOUT IRAIT BIEN TANT QUE LE ZHEN ÉTAIT BEAU.
QUE S'IL ÉTAIT BEAU...
IL DEVRAIT POUVOIR ÊTRE HEUREUX.

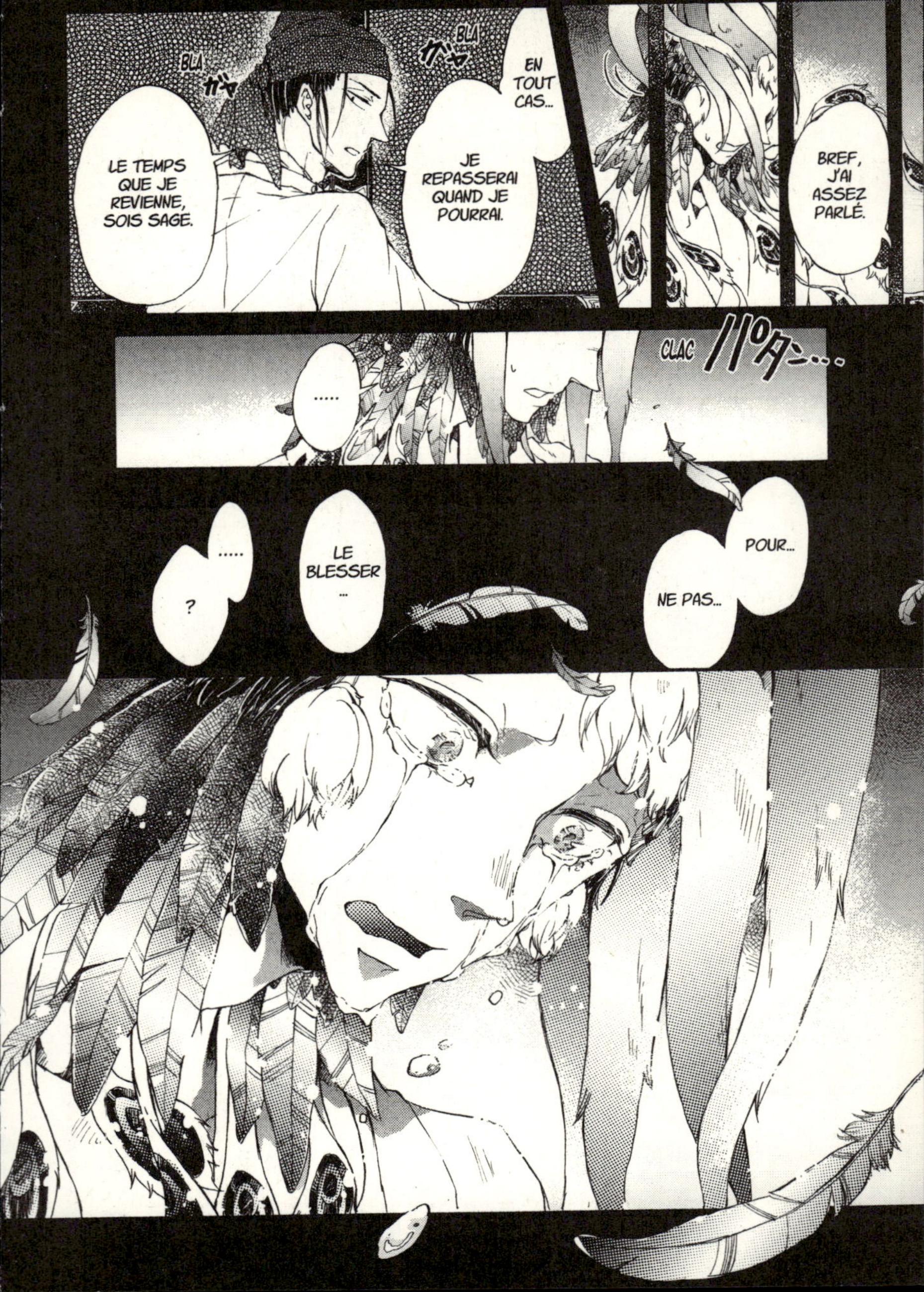
BREF, J'AI ASSEZ PARLÉ.
BLA
EN TOUT CAS...
JE REPASSERAI QUAND JE POURRAI.
BLA
LE TEMPS QUE JE REVIENNE, SOIS SAGE.
CLAC
......
POUR...
NE PAS...
LE BLESSER ...
......
?

BLA
BLA
MES-SIEURS !
LE GÉNÉRAL FEI EST DE RETOUR !
QUAND L'EMPEREUR ET LE HAUT MARÉCHAL SE SERONT CHANGÉS, JE DEMANDE UNE AUDIENCE.
AU FAIT...
COMMENT VA CAI HONG ?
ストン！
TAP

ビクッ!
GLOUPS
EUH
ざわ
EUH
?
QUOI... ?
PFU
PFU
IL S'EST PASSÉ QUELQUE CHOSE ?
EH BIEN...
DEPUIS QUE VOUS ÊTES PARTI, GÉNÉRAL...
IL A REFUSÉ DE MANGER.
P...
POURTANT NOUS LUI DONNIONS BIEN CE QUE VOUS AVIEZ PRES-CRIT... !
NOUS AVONS UTILISÉ LA FORCE, MAIS RIEN N'Y FAISAIT...
ET...

.....
QUEL CRÉTIN !
JE LUI AVAIS POURTANT DIT DE BIEN SE TENIR...
TANT PIS, J'Y VAIS.
IL EST DANS SA CAGE ?
OH, NON...
EUH...
GÉNÉRAL FEI !
S'IL VOUS PLAÎT...
CALMEZ-VOUS ET ÉCOUTEZ...
CE ZHEN...
IL N'EST PLUS ICI !!

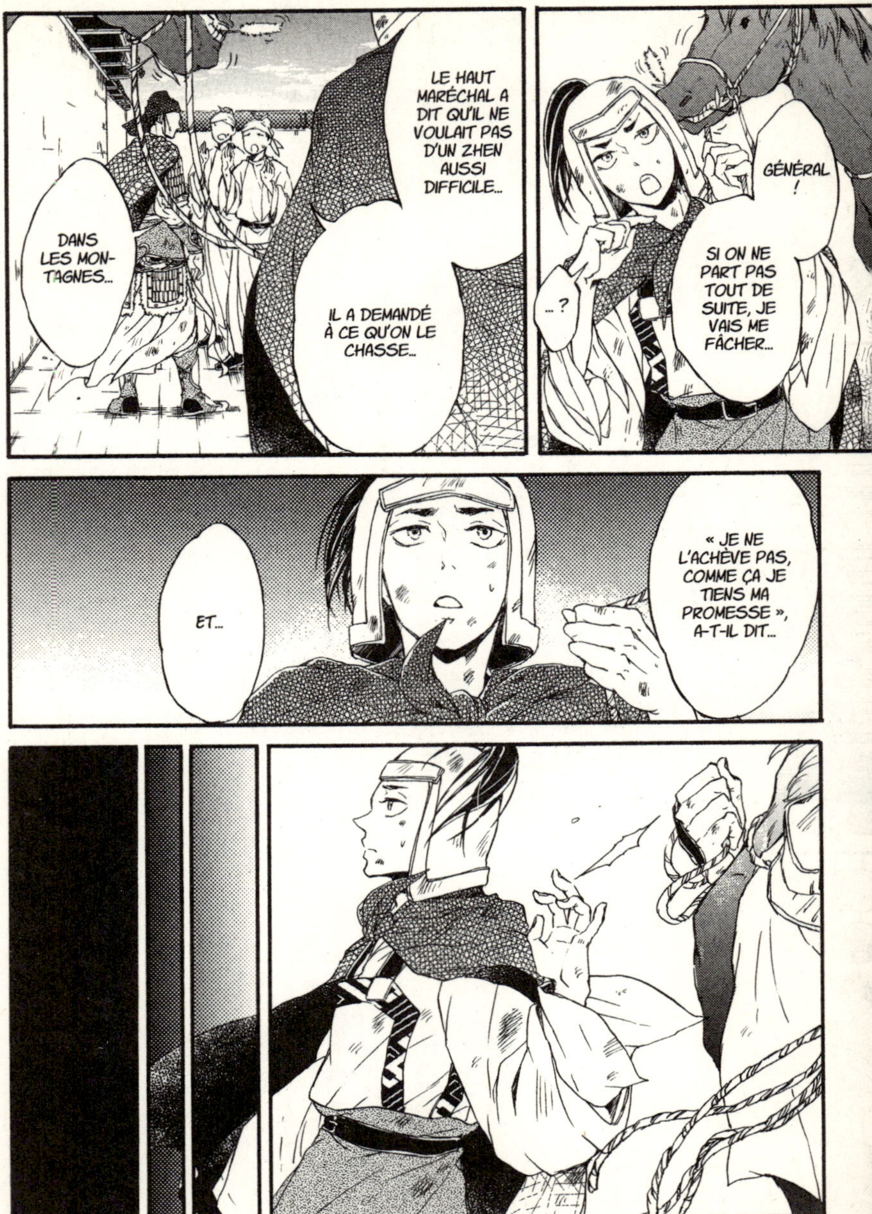
GÉNÉRAL !
SI ON NE PART PAS TOUT DE SUITE, JE VAIS ME FÂCHER...
... ?
LE HAUT MARÉCHAL A DIT QU'IL NE VOULAIT PAS D'UN ZHEN AUSSI DIFFICILE...
IL A DEMANDÉ À CE QU'ON LE CHASSE...
DANS LES MONTAGNES...
« JE NE L'ACHÈVE PAS, COMME ÇA JE TIENS MA PROMESSE », A-T-IL DIT...
ET...

BLA
ガヤ
BLA
ガヤ
BLA
ガヤ
BLA
ガヤ
BLA
ガヤ
BLA
ガヤ
BLA
ダッ
BLA
ダダッ
ダッ
FONCE
ッ!
AAAH ?!
.....
C'ÉTAIT PAS FEI, ÇA ?
KEUF
KEUF
IL ALLAIT DRÔLEMENT VITE, IL SE PASSE QUOI ?

PUTAIN !
TOUS LES MÊMES... !
Ça fait plusieurs jours...
qu'ils l'ont repoussé vers les montagnes de l'est...
Ha...
Ha...
.....
ÇA DOIT ÊTRE LÀ...
haa
MAIS IL PEUT VOLER...
ALORS IL EST PEUT-ÊTRE LOIN, À PRÉSENT.

Je ne sais pas non plus comment vivre seul dans la nature.
.....
.....
TAP
CHERCHONS ENCORE.

IL EST PEUT-ÊTRE RENTRÉ ICI...
きょろ
TOURNE
きょろ
JE FOUILLERAI UN AUTRE MONT DEMAIN.
PFF
L'AUTRE EST RENTRÉ CHEZ LUI, MALHEUREUSEMENT...
(LUI)
PEUT-ÊTRE QUE S'IL ÉTAIT PASSÉ ENTRE TEMPS...
S'IL AVAIT CONTINUÉ À VIVRE AVEC NOUS...
POUR LUI COMME POUR MON FRÈRE...
LES CHOSES AURAIENT SANS DOUTE ÉTÉ DIFFÉRENTES.
Pourquoi maître Ran...
a-t-il finalement décidé de vendre Cai Hong ?
.....
JE NE COMPRENDS PAS NON PLUS...

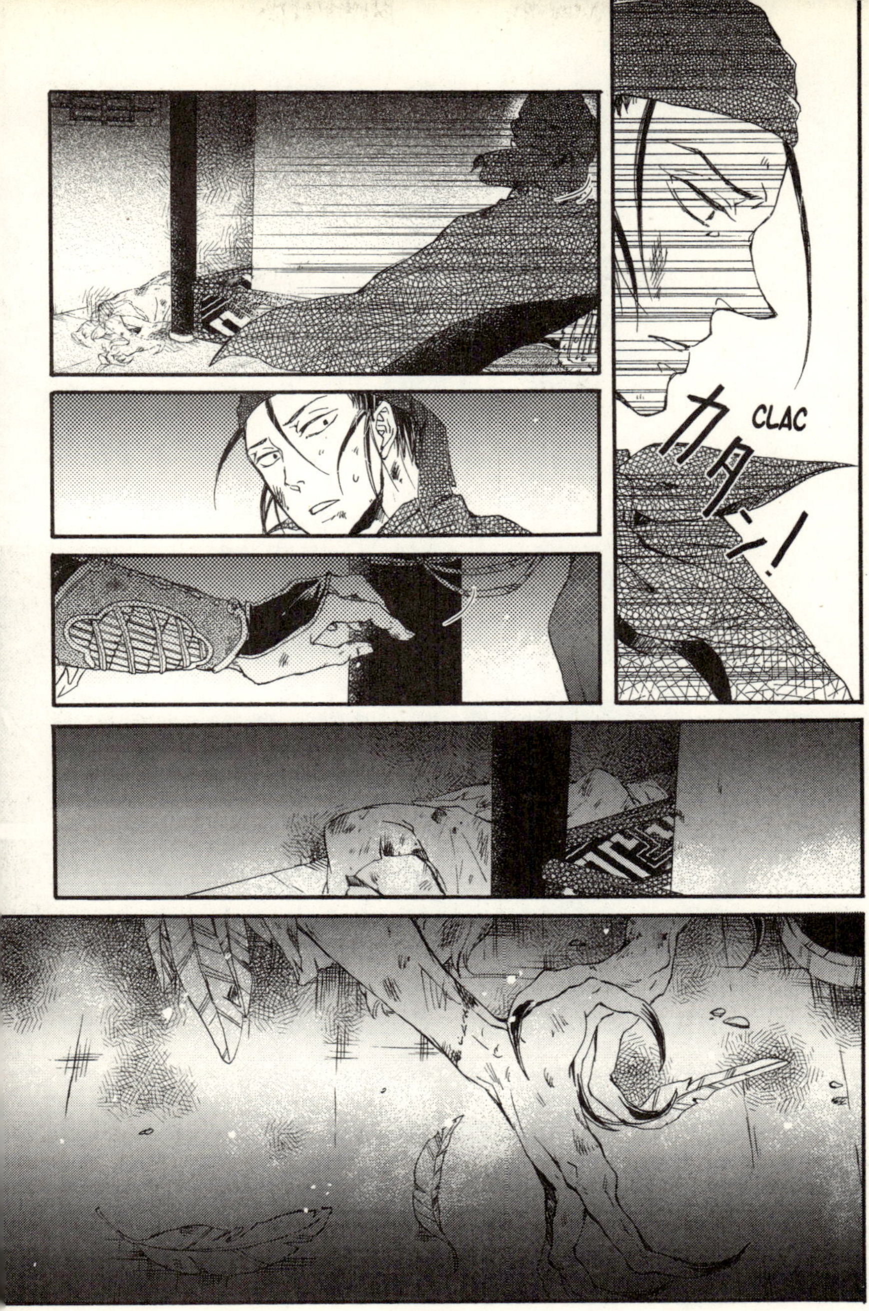

CLAC
カタン!

......
DOM
HÉ !
CAI HONG !

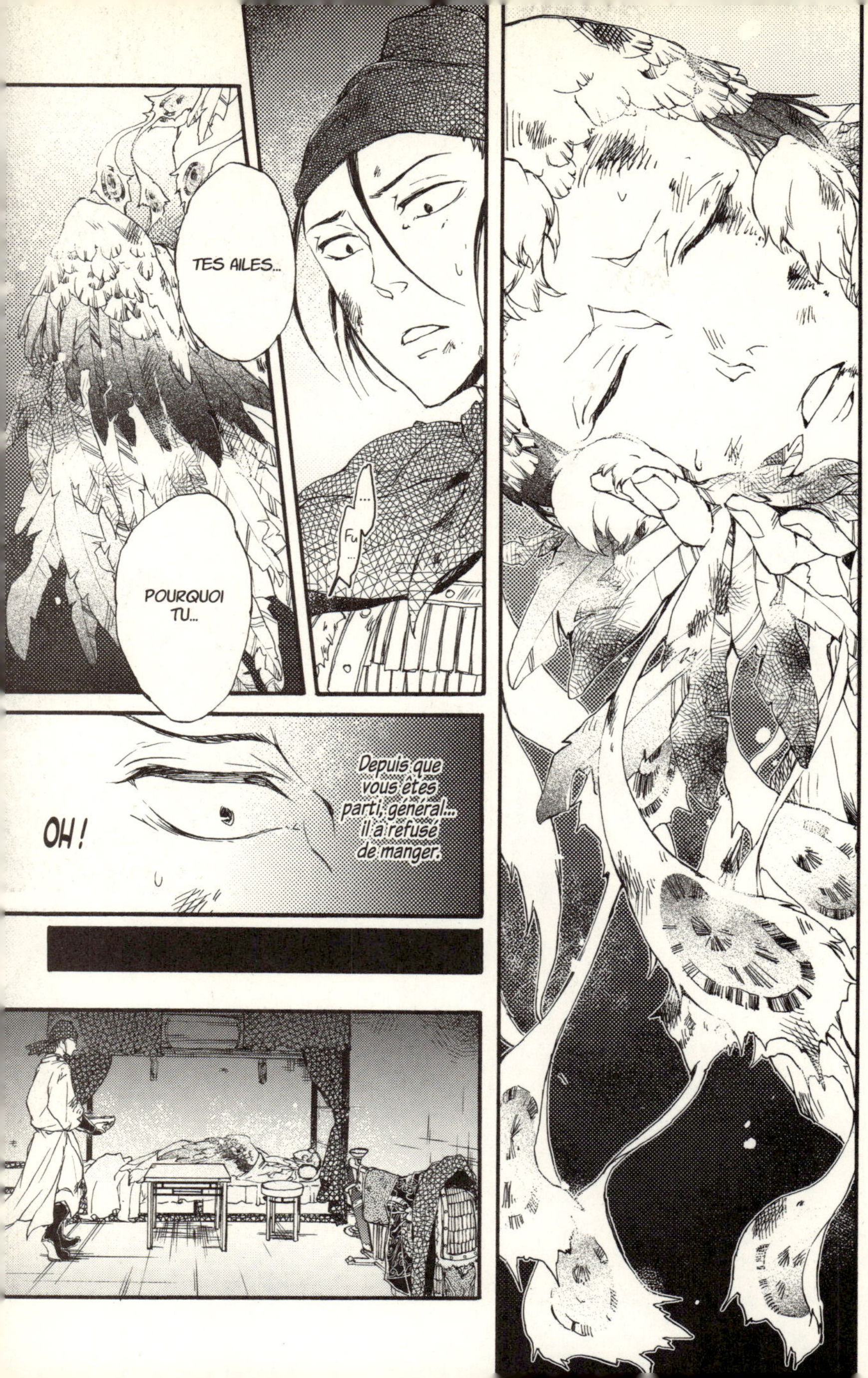
… Fu …
TES AILES…
POURQUOI TU…
Depuis que vous êtes parti, général… il a refusé de manger.
OH !

ha
ha
ha
ドサッ!
PLAF
TU AS LE CHOIX.
haa
JE VEUX JUSTE QUE TU MANGES.
ALLEZ !
バサッ!
FLAP
OUVRE LA BOUCHE...
AAH

グイッ！
GNII
H... !
BRR
グッ！
AR...
RÊTE...
GNI
グイ
グイ
GNI
N...
....

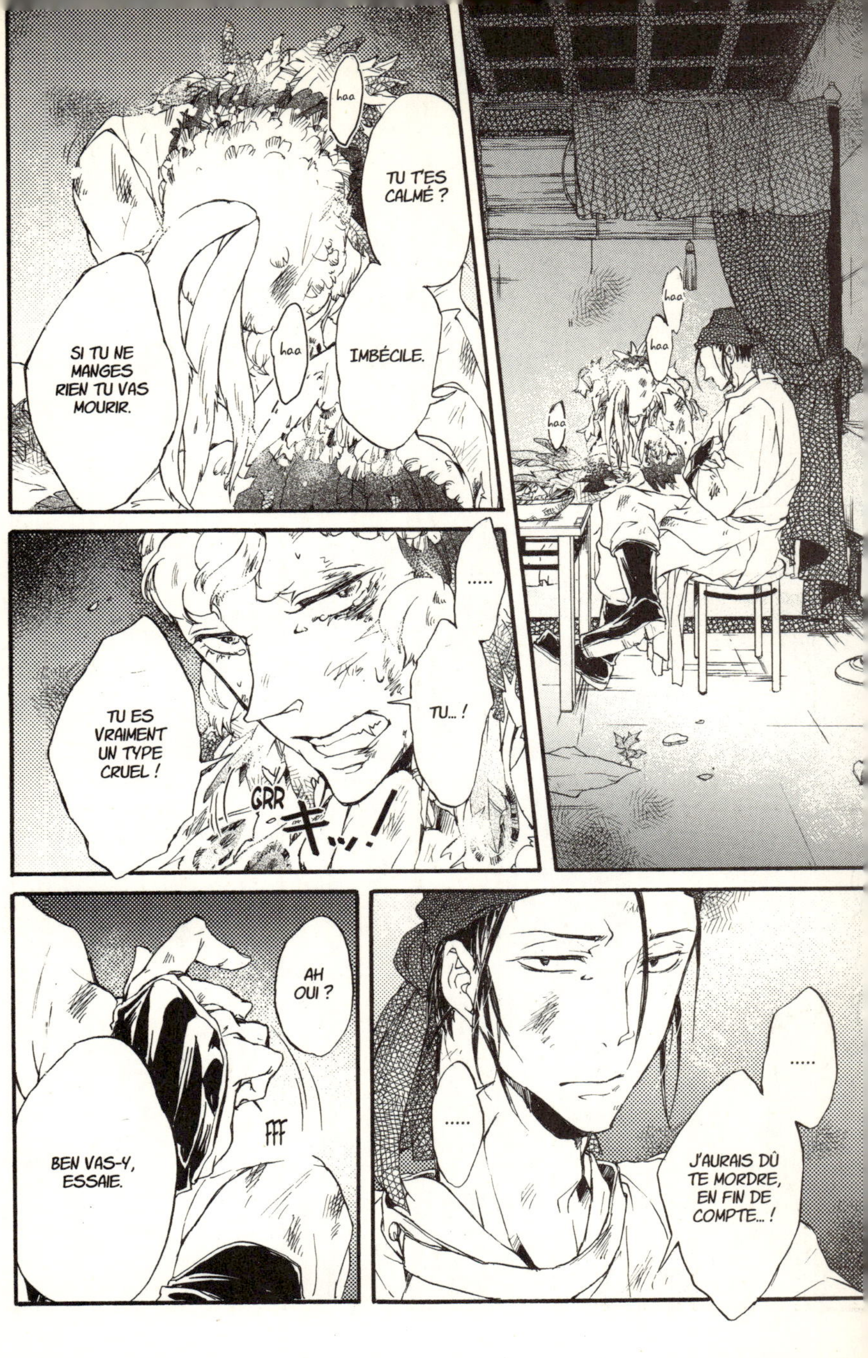
haa
haa
haa
haa
TU T'ES CALMÉ ?
haa
IMBÉCILE.
SI TU NE MANGES RIEN TU VAS MOURIR.
.....
TU... !
TU ES VRAIMENT UN TYPE CRUEL !
GRR
.....
J'AURAIS DÛ TE MORDRE, EN FIN DE COMPTE... !
.....
AH OUI ?
FFF
BEN VAS-Y, ESSAIE.

GLOUP !
ぐいっ!
.....
H... !
ALLEZ.
SLURP
haa
...!
クィュ...
SLURP
SLURP
クィッ!
.....
FFF
ha
haa

FFF...
AU DÉBUT, J'ÉTAIS ENCORE ASSEZ MÉFIANT MAIS...
L'AUTRE JOUR, J'ÉTAIS PERSUADÉ QUE TU NE MORDRAIS PAS MA MAIN.
NE ME DIS PAS QUE TU AS FAIT ÇA POUR ÊTRE SÛR DE NE PLUS POUVOIR FAIRE DE MAL ?
TREMBLE
J'AI ESQUIVÉ TOUTES TES ATTAQUES...
TOUTES TES TENTATIVES DE MORSURE...
SLURP
QUEL BESOIN TU AVAIS DE T'INQUIÉTER TOUT À COUP DE TON COMPORTEMENT AGRESSIF ?
C'EST MON MÉTIER DE SURVIVRE.
CE, QUE MON ADVERSAIRE SOIT SÉRIEUX OU NON.

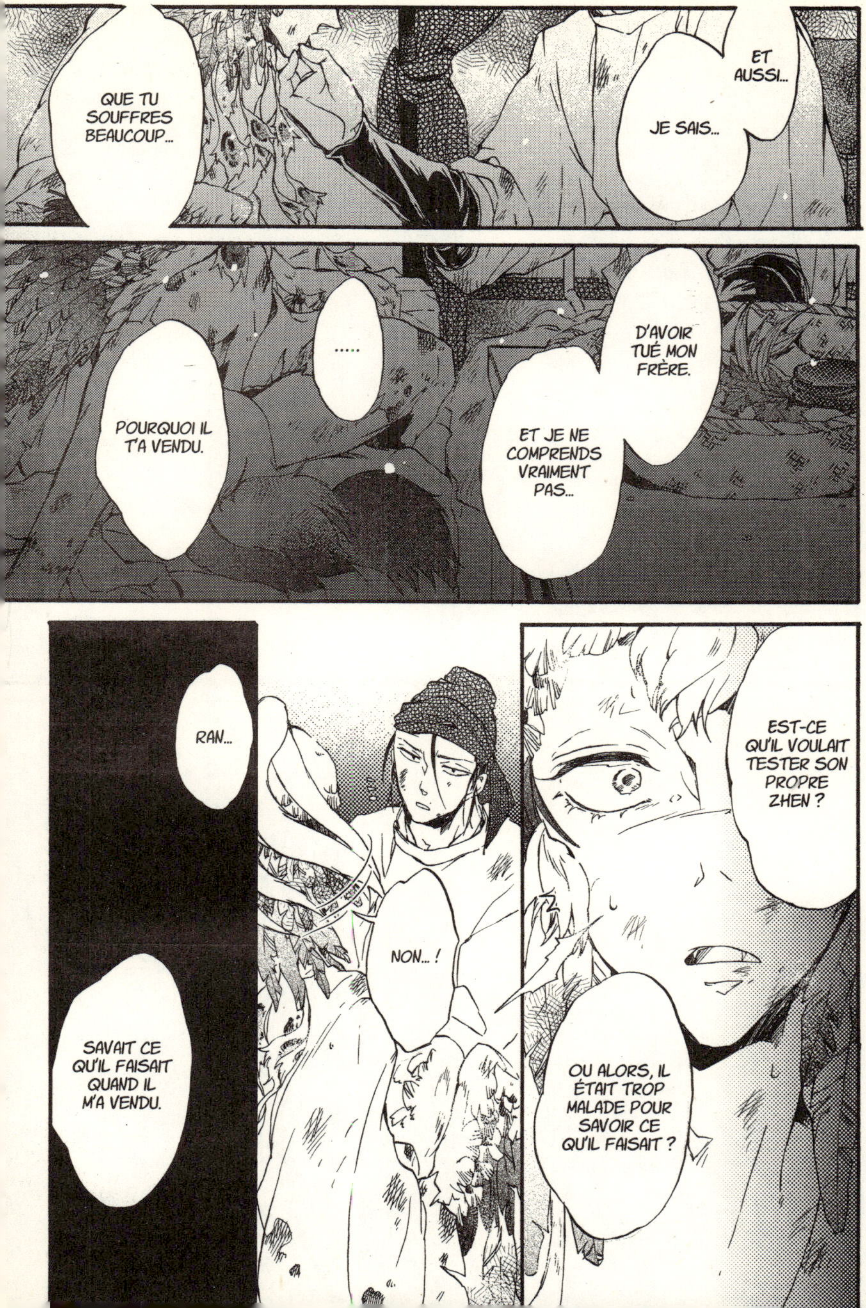
ET AUSSI...
JE SAIS...
QUE TU SOUFFRES BEAUCOUP...
D'AVOIR TUÉ MON FRÈRE.
ET JE NE COMPRENDS VRAIMENT PAS...
.....
POURQUOI IL T'A VENDU.
EST-CE QU'IL VOULAIT TESTER SON PROPRE ZHEN ?
OU ALORS, IL ÉTAIT TROP MALADE POUR SAVOIR CE QU'IL FAISAIT ?
NON... !
RAN...
SAVAIT CE QU'IL FAISAIT QUAND IL M'A VENDU.

.....
C'EST JUSTE QU'IL NE POUVAIT PLUS S'OCCUPER DE MOI.
!
TU... TU SAIS QUELQUE CHOSE ?
S'IL TE PLAÎT, DIS-MOI.
DAM
QU'EST-CE QUI S'EST PASSÉ ?
POURQUOI...
JE VAIS TE LE DIRE...
PARCE QUE...
TOUT EST DE MA FAUTE.

[If du Japon]

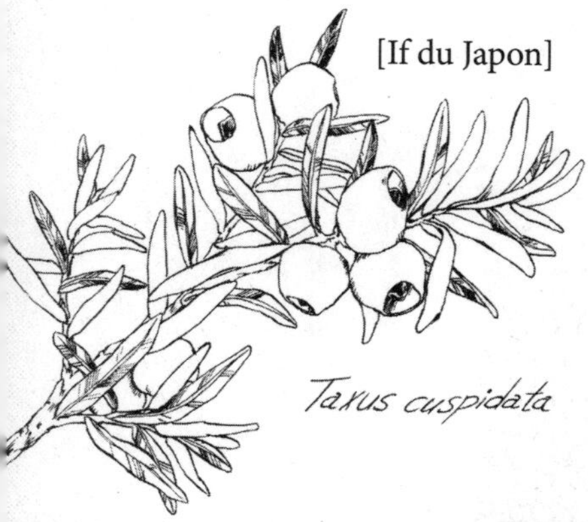

[Clématite d'automne]

Tu sais...
j'aimerais élever le plus beau zhen du pays.
TA... FAUTE ?
COMMENT ÇA ?
Alors, tu seras le plus beau du pays...
et ainsi, tu pourras être heureux.
C'est le but ultime que je me suis fixé.
Heureux ?

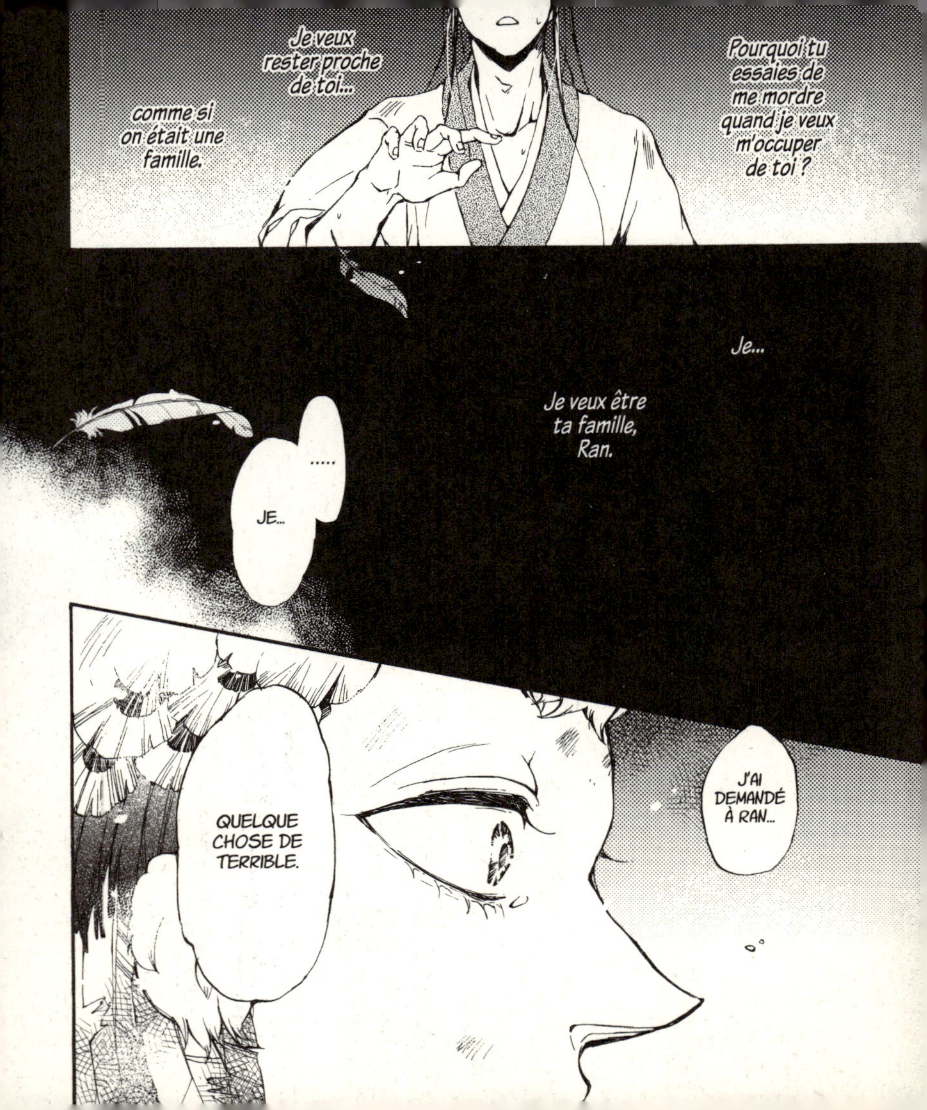
Pourquoi tu essaies de me mordre quand je veux m'occuper de toi ?
Je veux rester proche de toi...
comme si on était une famille.
Je...
Je veux être ta famille, Ran.
.....
JE...
J'AI DEMANDÉ À RAN...
QUELQUE CHOSE DE TERRIBLE.

Chapitre
5

.....
IL Y A LONGTEMPS... ALORS QUE JE VENAIS À PEINE D'ARRIVER ICI, J'AI DEMANDÉ À RAN...
SI...
JE POUVAIS ÊTRE SA FAMILLE.
CE N'ÉTAIT PAS GRAVE SI ON N'ÉTAIT PAS COMME UN COUPLE D'OISEAUX...
MAIS SIMPLEMENT COMME LES PERSONNES D'UN MÊME FOYER CHALEUREUX.
MOI, JE...
JE NE VOULAIS PAS FINIR MA VIE TOUT SEUL, SANS QUE PERSONNE N'OSE ME TOUCHER.
MAIS SI JE DEVENAIS LA FAMILLE DE RAN, JE POUVAIS RESTER AVEC LUI.
.....
C'EST CE QUE JE LUI AI DIT.

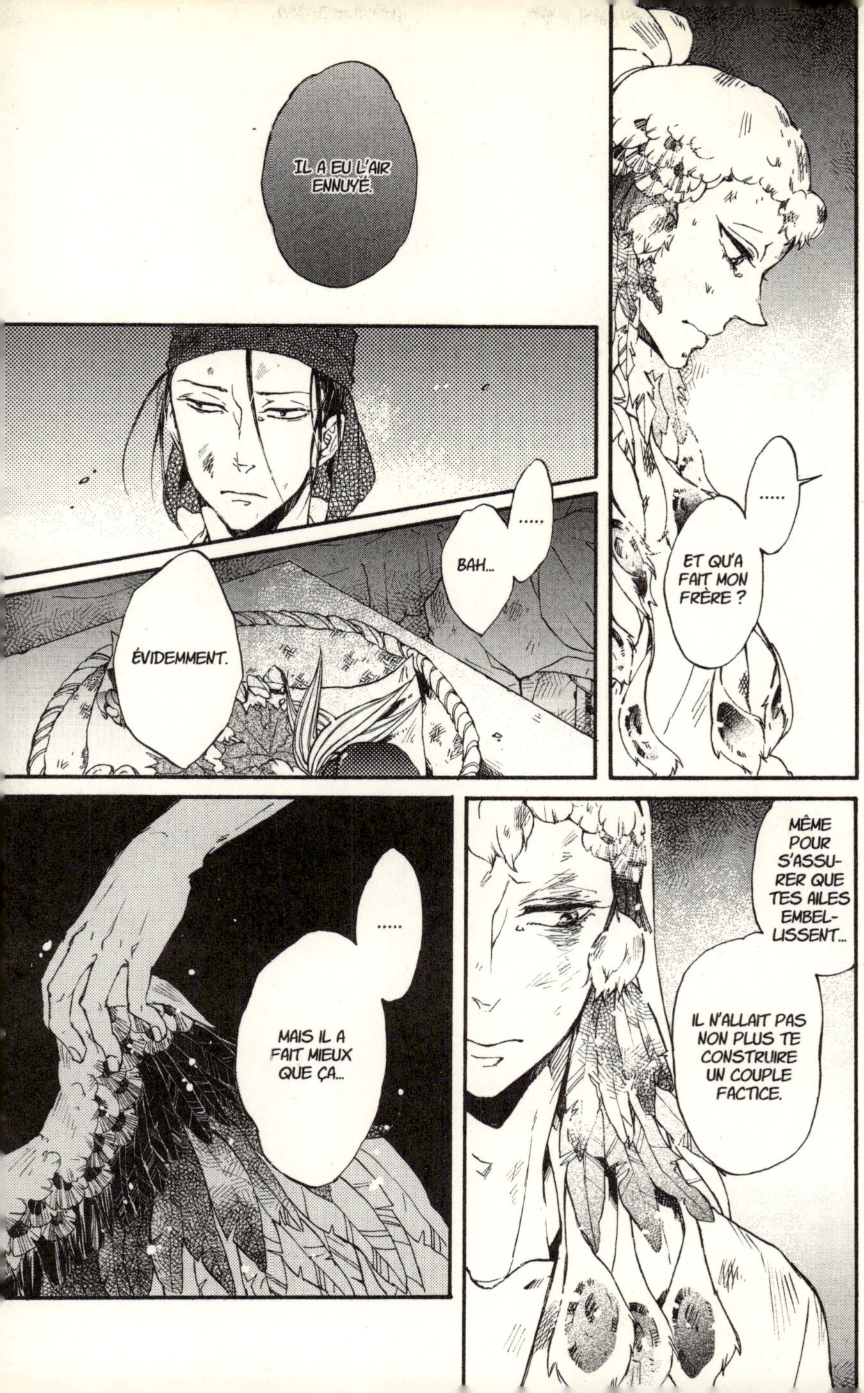
.....
ET QU'A FAIT MON FRÈRE ?
IL A EU L'AIR ENNUYÉ.
.....
BAH...
ÉVIDEMMENT.
MÊME POUR S'ASSURER QUE TES AILES EMBELLISSENT...
IL N'ALLAIT PAS NON PLUS TE CONSTRUIRE UN COUPLE FACTICE.
.....
MAIS IL A FAIT MIEUX QUE ÇA...

Je ne peux pas être ton amant...
mais si tu y tiens tant...
je peux être ta famille.
À PARTIR DE CE JOUR...
RAN M'A TRAITÉ COMME SON PROPRE ENFANT.
JE FAISAIS TRÈS ATTEN-TION À NE PAS LE MORDRE PAR MÉGARDE.
SI JE CRIAIS, IL VENAIT TOUT DE SUITE...
IL ME TENAIT COMPA-GNIE...
ET IL ME CARESSAIT DOUCEMENT DE SA MAIN.

.....
J'ÉTAIS...
TELLEMENT HEUREUX.
!
.....
....
.....
TU...

PUIS LES JAMBES DE RAN ONT COMMENCÉ À LE LÂCHER...
ET NOUS AVONS PASSÉ DAVANTAGE DE TEMPS ENSEMBLE.
Merci, Cai Hong.
KEUF
Je n'ai ni femme, ni enfant...
alors je suis heureux que tu sois devenu ma famille.
JE...
COMME MES AILES ÉTAIENT DEVENUES RESPLEN-DISSANTES...
JE PENSAIS AVOIR ENFIN RÉALISÉ...
LE SOUHAIT DE RAN.

MAIS...
CE JOUR-LÀ...
JE ME DEMANDE OÙ EST RAN...
LE MÉDECIN ?
QU'EST-CE QU'IL FAIT ICI ?
Je comprends... Les médicaments ne peuvent plus rien pour moi...
KEUF
Non, il ne vous reste...
que peu de temps.
KEUF
KEUF

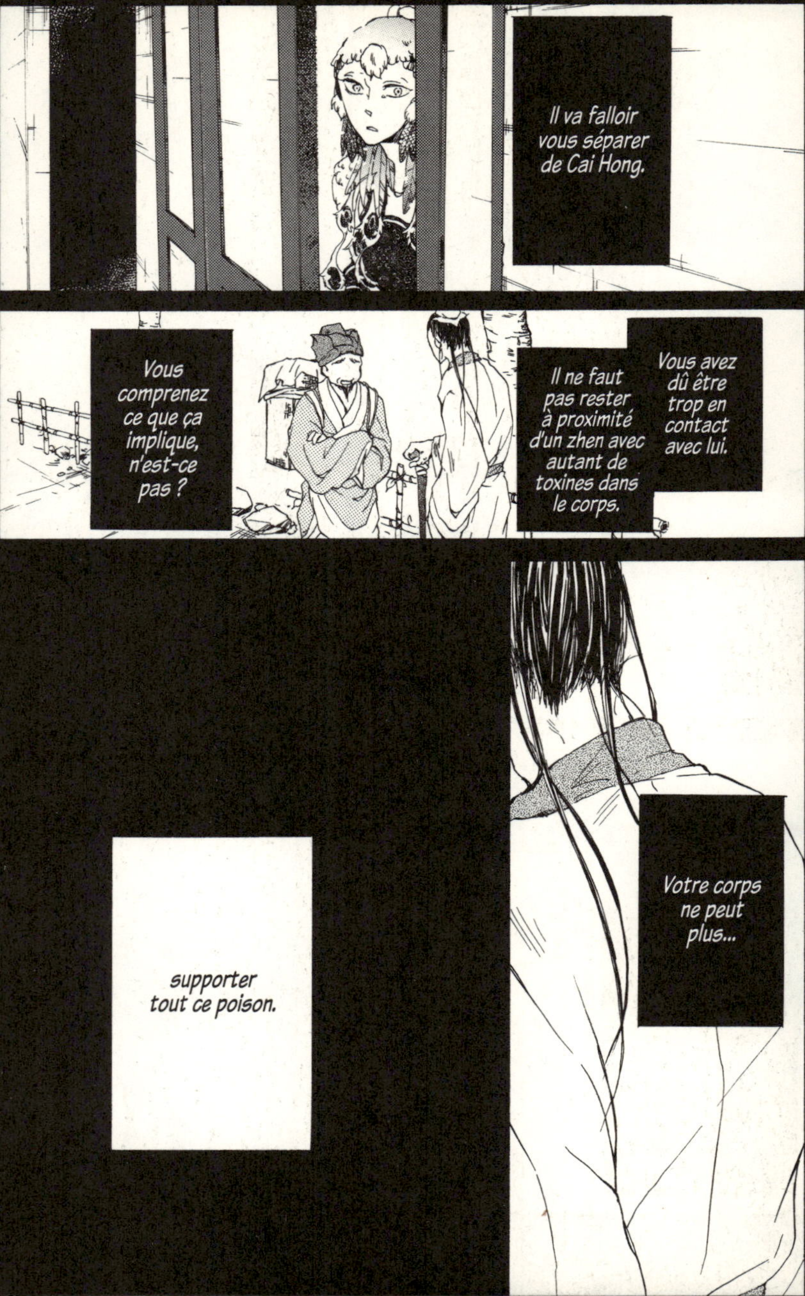
Il va falloir vous séparer de Cai Hong.
Vous avez dû être trop en contact avec lui.
Il ne faut pas rester à proximité d'un zhen avec autant de toxines dans le corps.
Vous comprenez ce que ça implique, n'est-ce pas ?
Votre corps ne peut plus...
supporter tout ce poison.

Ah...
...
Je sais bien, mais je ne pouvais pas faire autrement.
Non...
Je...
Et puis...
ce garçon est très gentil.
Je crois qu'il sera triste de savoir que c'est son poison qui va me tuer.

C'est...
Alors, une fois que vous serez parti...
je ferai comme si de rien n'était.
...
Ça fera de la peine à cet oiseau mais...
vous avez été intoxiqué par le poison d'un zhen ! C'est extrêmement douloureux !
Après la morsure, si le poison n'est pas fulgurant...
on meurt dans d'atroces souffrances !
C'est ma faute...

.....
CE SOIR-LÀ...
.....
QUAND RAN EST VENU ME VOIR...
IL S'EST EFFONDRÉ !
D'HABITUDE, JE L'AIDAIS TOUT DE SUITE MAIS...
CETTE FOIS...
Keuf
Keuf
JE NE SAVAIS PAS QUOI FAIRE...
Keuf

Si sa main ...
...était dans cet état...
Keuf
c'était de ma faute ?
Il allait souffrir ...
Keuf
Keuf
jusqu'à ses derniers instants... à cause de moi ?
Keuf
...!
Keuf

Je t'en supplie, Ran...
dis-moi ce que je dois faire...
Si...
Sinon, je...
je risque de tuer quelqu'un d'autre.
Dois-je ne plus m'approcher de personne ?
Et...
ne plus laisser personne m'approcher ?
GNII

ha... haa...
haa
.....
J'AI DIT CE QUE J'AVAIS...
À DIRE.
MAINTE-NANT, JE TE LAISSE DÉCIDER...
DE CE QU'IL FAUT FAIRE, FEI.

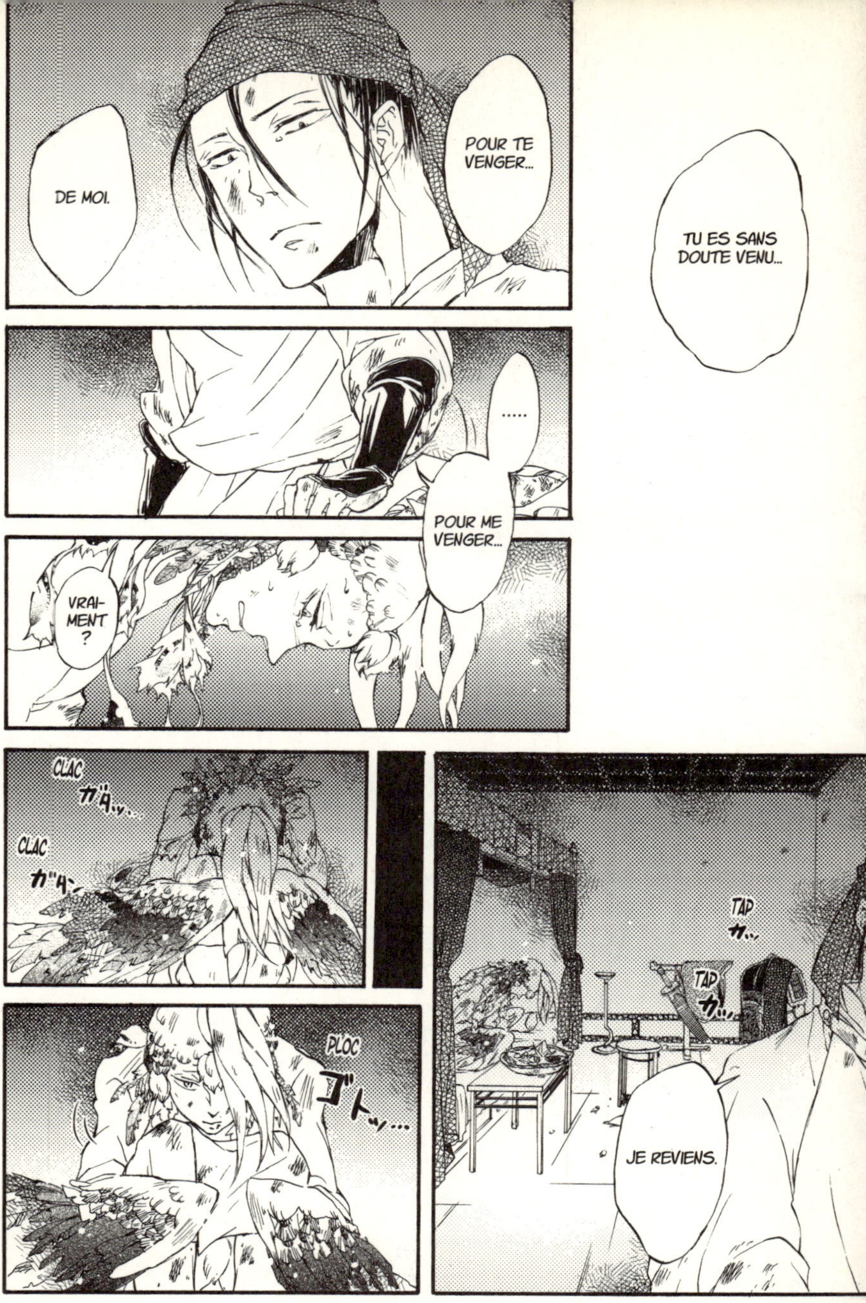
TU ES SANS DOUTE VENU...
POUR TE VENGER...
DE MOI.
.....
POUR ME VENGER...
VRAIMENT ?
TAP
TAP
JE REVIENS.
CLAC
CLAC
PLOC

BOM !
...?
FLOC
ザブ
FLIC
ザブ...
ビクッ!
GLOUPS
.....
T'INQUIÈTE PAS COMME ÇA.
FWSH
C'EST DE L'EAU.
JE SUIS JUSTE UN ANCIEN ÉLEVEUR DE ZHEN.
FLOC
ボタ
FLOC
ボタッ!

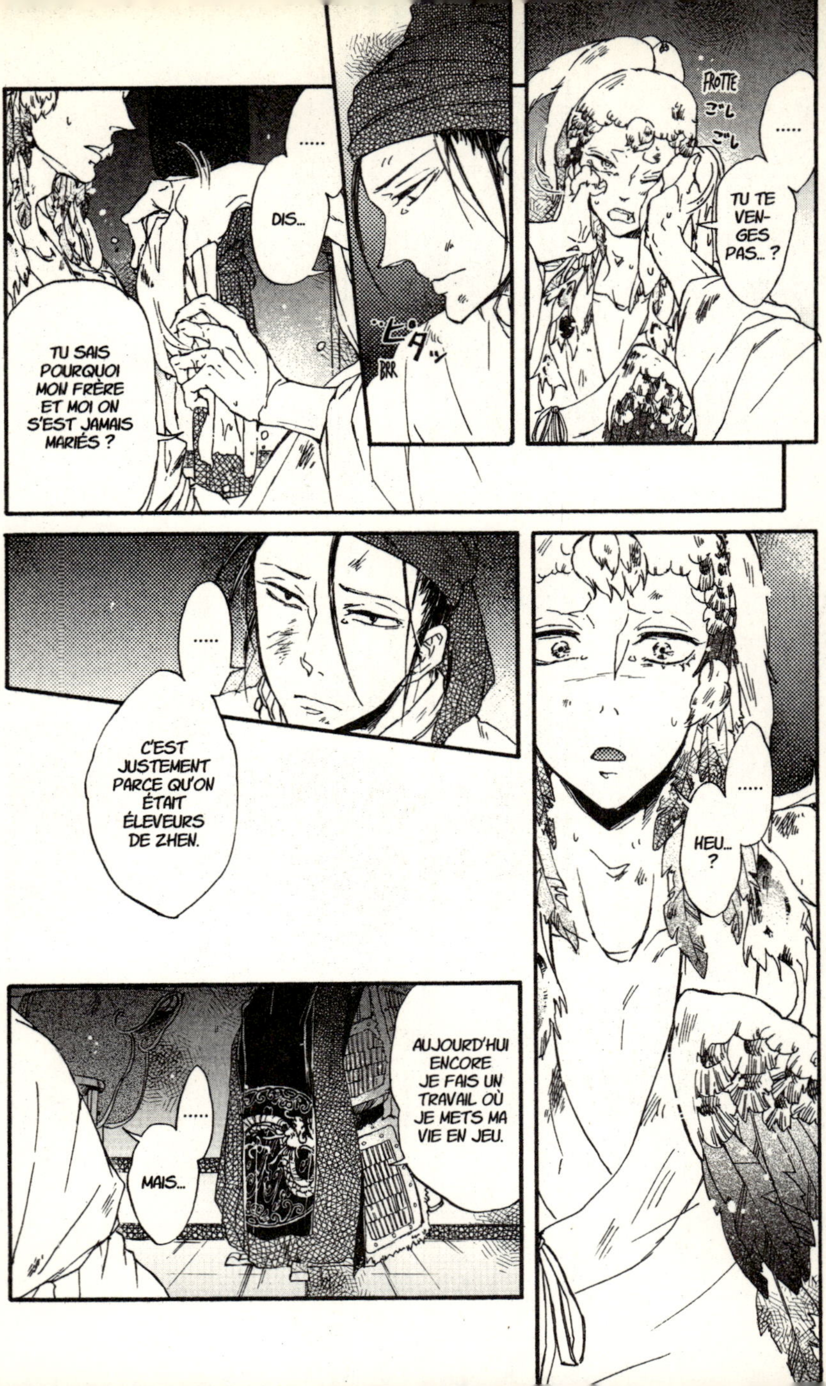
FROTTE
ごし ごし
.....
TU TE VENGES PAS... ?
.....
DIS...
BRR
ピタッ
TU SAIS POURQUOI MON FRÈRE ET MOI ON S'EST JAMAIS MARIÉS ?
.....
HEU... ?
.....
C'EST JUSTEMENT PARCE QU'ON ÉTAIT ÉLEVEURS DE ZHEN.
AUJOURD'HUI ENCORE JE FAIS UN TRAVAIL OÙ JE METS MA VIE EN JEU.
.....
MAIS...

S'IL NOUS ARRIVAIT QUOI QUE CE SOIT, NOTRE FAMILLE ÉPROUVERAIT DU RESSENTIMENT POUR LE ZHEN RESPONSABLE.
TOUT COMME MOI AU DÉBUT.
GLOUP
C'EST POURQUOI LES ÉLEVEURS DE ZHEN NE SE MARIENT PAS.
NOTRE FAMILLE...
M... MAIS...
ÇA A TOUJOURS ÉTÉ MON FRÈRE ET MOI. C'EST TOUT...
MAIS ALORS...
LE FAIT QUE RAN N'AIT PAS EU DE FAMILLE...
C'EST AUSSI DE MA FAUTE ?!
!
JE...
C'EST MOI QUI...
TS ...!
CAI HONG !
C'EST PAS ÇA !
ON EN ÉTAIT CONSCIENTS !
ON A VOULU ÊTRE ÉLEVEURS QUAND MÊME...

ET MOI...
haa
MALGRÉ ÇA...
J'AI ARRÊTÉ CE MÉTIER ET J'AI QUITTÉ LA MAISON...
haa
haa
......
J'AI ABANDONNÉ MON FRÈRE, MA SEULE FAMILLE...!!

TOI...
À MA PLACE...
SERRE
ギュッ...
TU AS DONNÉ À MON FRÈRE UNE FAMILLE.
......
ALORS ...
ON EST QUITTES, NON ?
TOUT À L'HEURE...
TU DISAIS QUE TU AVAIS ÉTÉ HEUREUX À L'ÉPOQUE.
EN TE VOYANT SOURIRE COMME ÇA...
JE ME SUIS DIT QUE MON FRÈRE AVAIT FORCÉMENT DÛ L'ÊTRE AUSSI.

.....
JE ME SUIS DEMANDÉ SI TU AVAIS CE GENRE D'EXPRESSION FACE À LUI...
ET SI, EN RESTANT À TES CÔTÉS, IL AVAIT LA CHANCE DE TOUJOURS POUVOIR REGARDER CE VISAGE RADIEUX.
.....
PUIS...
JE ME SUIS RENDU COMPTE QUE...
J'ÉTAIS EN TRAIN DE L'ENVIER.
.....
DIS...
CAI HONG.

TU PARLAIS D'UN AMANT.
EST-CE QUE ÇA POURRAIT ÊTRE MOI ?
QU...
JE...
C'EST TOI QUI ME L'AVAIS PROPOSÉ, ALORS...

Il faudrait peut-être que je sois ton amant ?
.....
JE SUIS D'ACCORD.
MAIN-TENANT C'EST À TOI DE CHOISIR.
SI TU VEUX RETROUVER TES AILES D'AUTREFOIS...
JE T'AIDERAI.
.....
MAIS SI TU PRÉFÈRES TOUJOURS TE DÉBARRAS-SER DE TON POISON...
EH BIEN...
JE NE SUIS PLUS ÉLEVEUR DE ZHEN, ALORS...
EST-CE QUE TU VOUDRAIS PLUTÔT QU'ON SOIT ENSEMBLE ?
EN COUPLE... ?
CAI HONG...

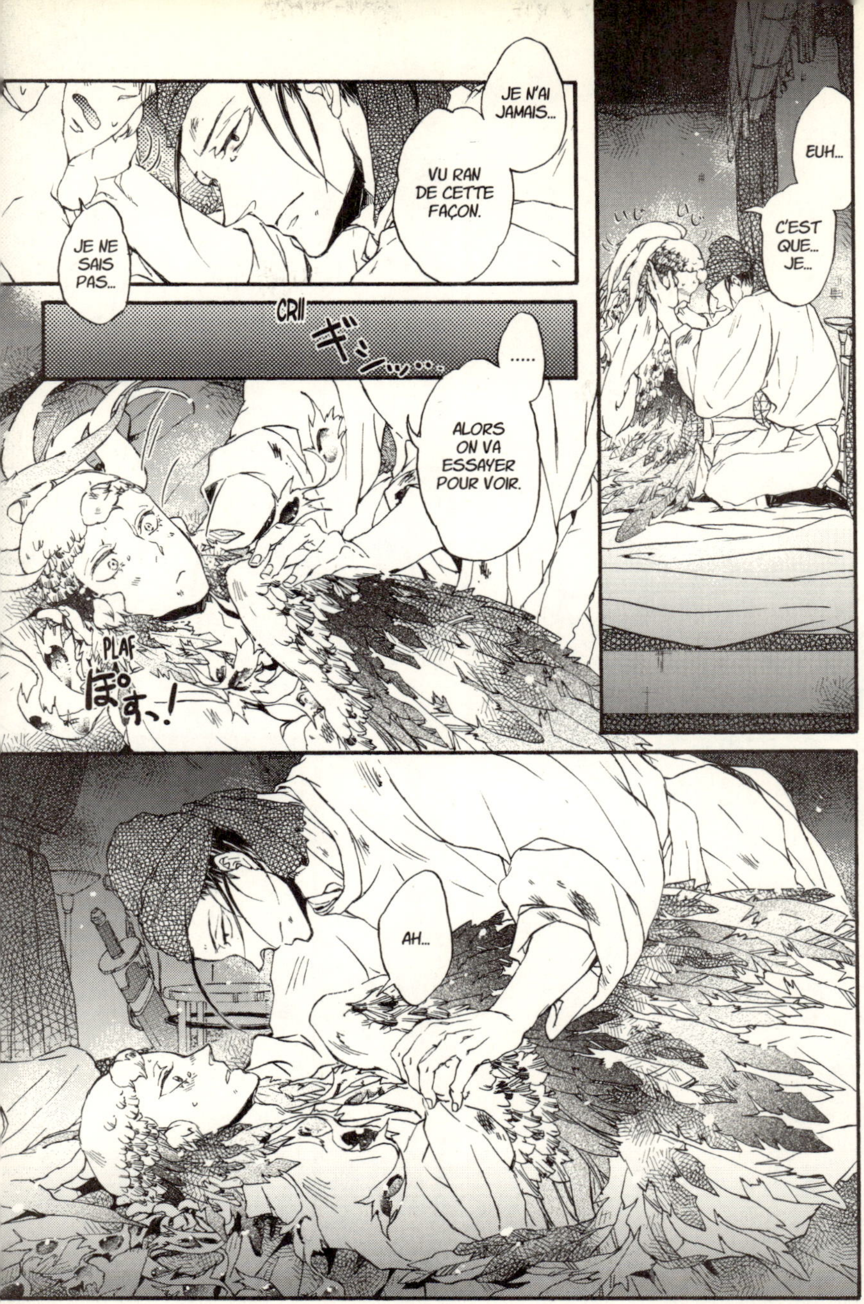
EUH...
C'EST QUE... JE...
JE N'AI JAMAIS...
VU RAN DE CETTE FAÇON.
JE NE SAIS PAS...
CRII
ギシッ…
.....
ALORS ON VA ESSAYER POUR VOIR.
PLAF
ぽすっ!
AH...

シュル…
FFF
QUE ?
.....
AH...
FRR
TU N'AS...
ENCORE JAMAIS ÉJACULÉ, PAS VRAI ?
QUEL QUE SOIT TON PARTENAIRE, C'EST QUELQUE CHOSE AUQUEL IL VAUT MIEUX T'HABITUER.
SLURP
SQUISH
SQUISH
M...
AH !
HM
HM
DIS-MOI SI TU N'AIMES PAS.

Ah...
...
C...
...!
SQUISH
SQUISH
OH !
P...
PARDON...
hu...
......
h...
h...
JE SUPPOSE QUE ÇA N'A RIEN À VOIR AVEC CE QUE TU AIMAIS CHEZ MON FRÈRE.

SERRE
J...
JE...
Snif
JE M'ÉTAIS...
RÉSIGNÉ.
À NE PLUS ÊTRE TOUCHÉ PAR PERSONNE...
À VIVRE COMME L'ASSASSIN QUE JE SUIS...
À NE LAISSER PERSONNE S'APPROCHER DE MOI...
QUITTE À ME CONDUIRE DE FAÇON HORRIBLE.
HA !
....
MAIS...

TOI, TU T'EN FICHAIS...
TU M'AS TOUCHÉ NORMALEMENT...!
J'AI EU BEAU TE MENACER OU TE PROVOQUER...
TU ME TOUCHES ENCORE...
ET MAIN-TE-NANT TU...
TU ME DEMANDES MÊME...
CE QUE MOI JE SOUHAITE FAIRE !
ET MALGRÉ CES AILES POUR LESQUELLES RAN A DONNÉ SA VIE...
M...
MAL-GRÉ ÇA...
MALGRÉ ÇA JE...
JE VEUX...

AVEC TOI...
.....
.....

ha
ha
haa
SQUISH
SQUISH
Ah...
SMACK SMACK
SQUISH
ズルッ…
Ah...
Ah... !
fff...
ha
.....
C'EST DOULOU-REUX ?

UN PEU MAIS...
.....
C'EST... AGRÉABLE...
GNII
SLURP
....
....
SMACK...
SMACK...
C'EST BÊTE MAIS...
JE SUIS JALOUX DE MA PROPRE MAIN...
ALORS...
DÉPÊCHE-TOI D'EXTRAIRE MON POISON.
JE...
FFR

J'AVAIS HÂTE DE VOIR LES AILES QUE TU ME FABRIQUAIS...
FFF
スッ...
AMANT, FEMELLE...
.....
ET MAINTENANT...
....!
FROTTE
JE PEUX DEVENIR CE QUE TU VEUX.
T...
TU...
PLAF
グイッ!
ENCORE... UN PEU...
TU NE SAIS RIEN FAIRE D'AUTRE...
QUE ME PROVOQUER COMME ÇA... ?

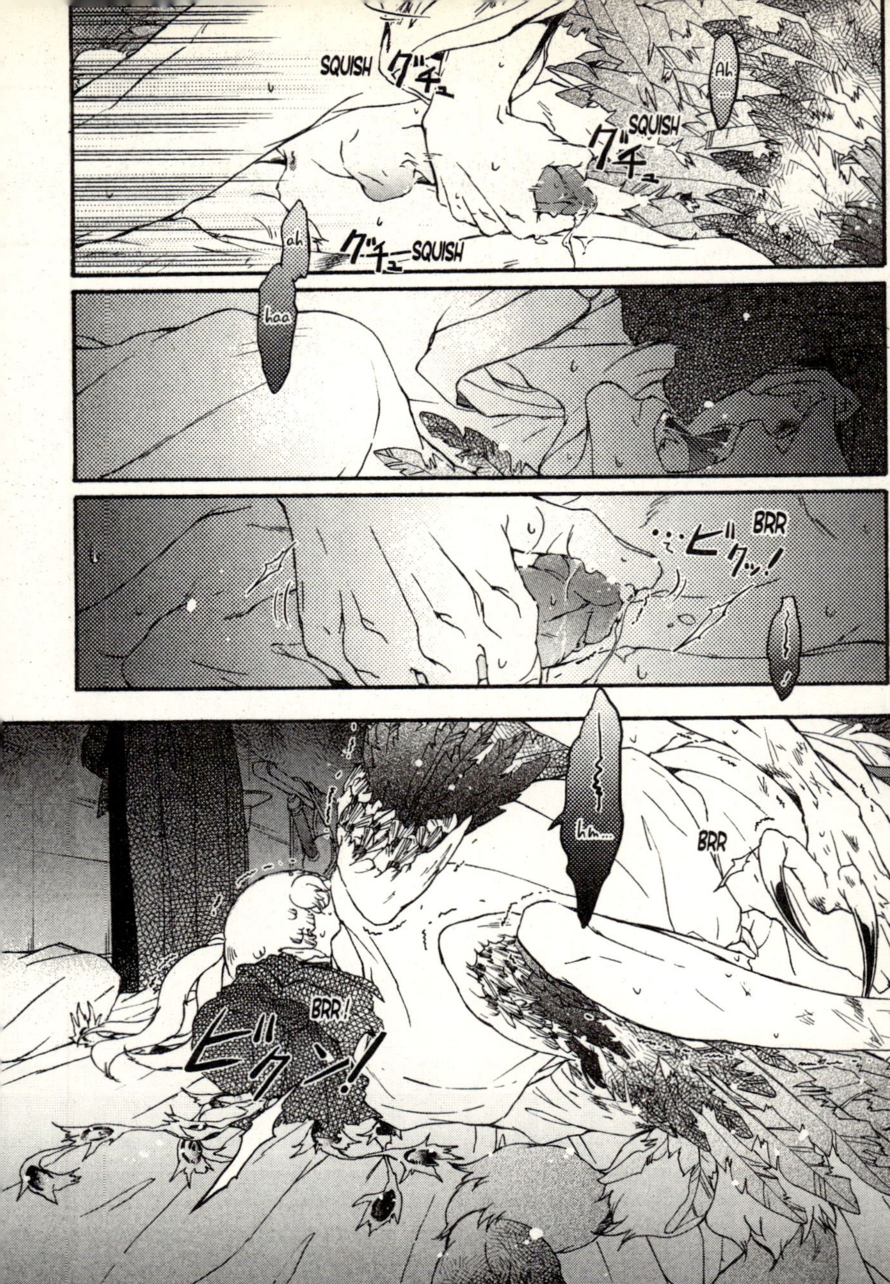
Ah
SQUISH グチュ
SQUISH グチュ
ah
グチュ SQUISH
haa
...ビクッ!
BRR
hn...
BRR
BRR!
ビクン!

SPRT
ha...
haa...
BRR
BRR
haa...
FRSH
FRSH
......
FEI.
EN FAIT...

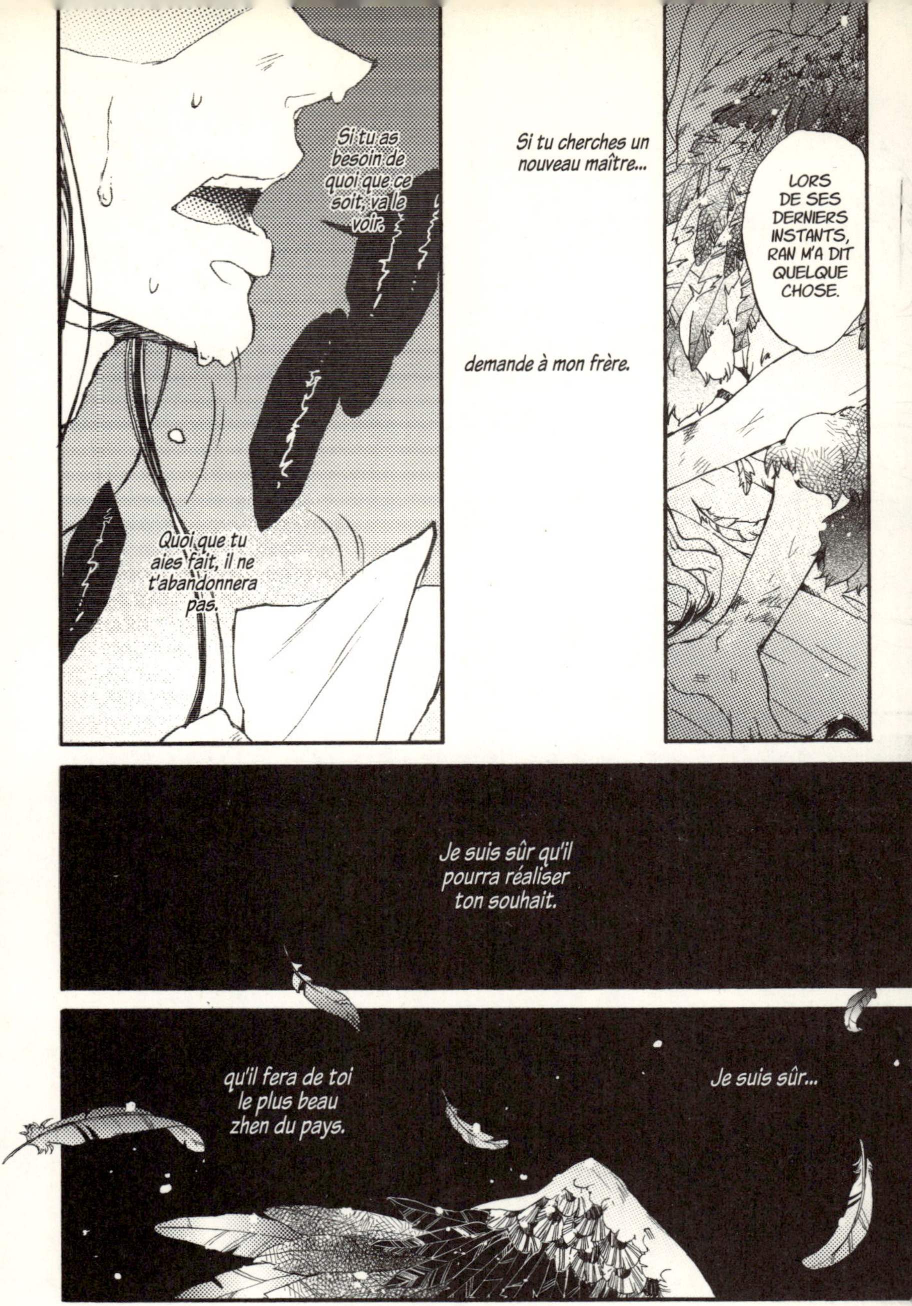
LORS DE SES DERNIERS INSTANTS, RAN M'A DIT QUELQUE CHOSE.
Si tu cherches un nouveau maître...
demande à mon frère.
Si tu as besoin de quoi que ce soit, va le voir.
Quoi que tu aies fait, il ne t'abandonnera pas.
Je suis sûr qu'il pourra réaliser ton souhait.
Je suis sûr...
qu'il fera de toi le plus beau zhen du pays.

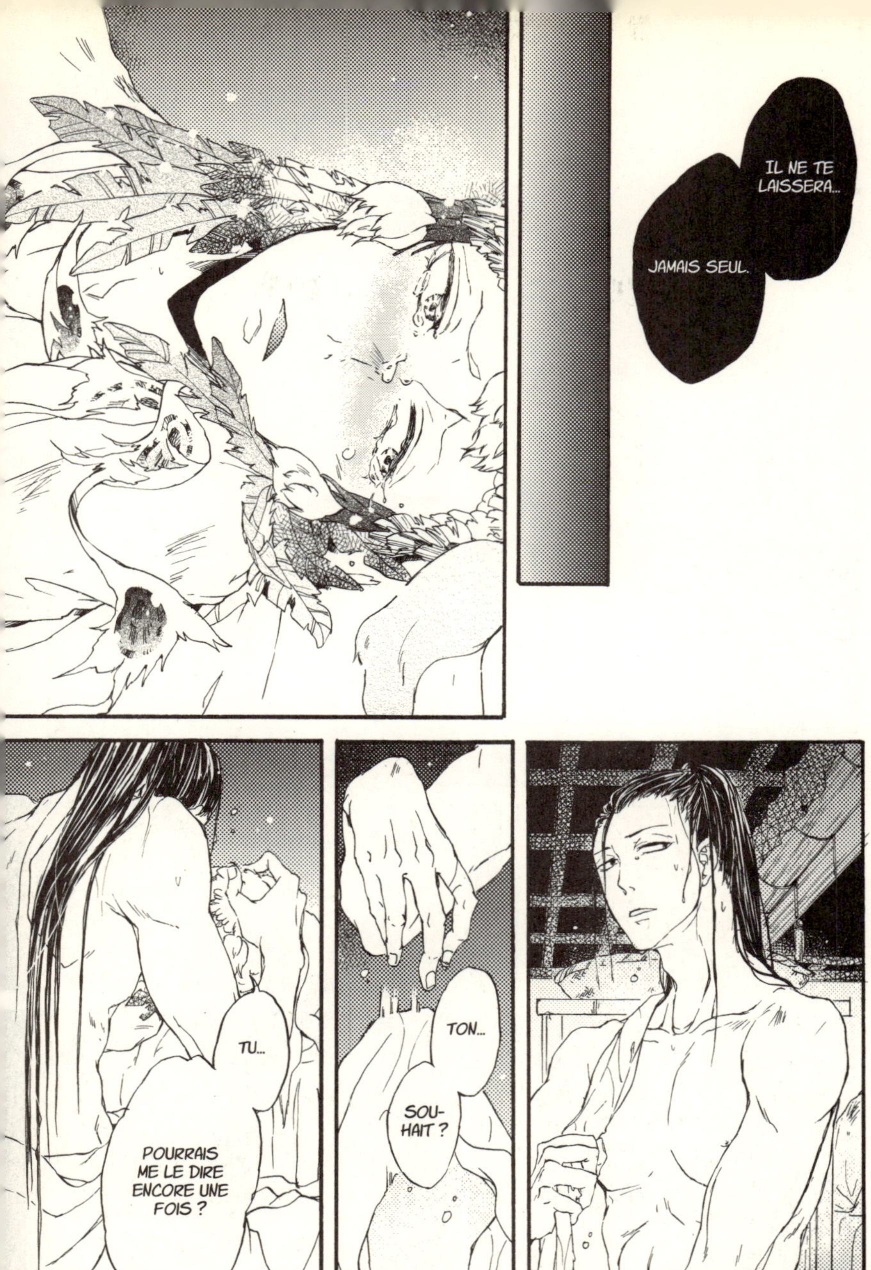
IL NE TE LAISSERA...
JAMAIS SEUL.
TU...
POURRAIS ME LE DIRE ENCORE UNE FOIS ?
TON...
SOU-HAIT ?

.....
QU'EST-CE QUE TU VEUX FAIRE, MAINTENANT ?
BLA
BLA
バン！
BAM
BORDEL !
J'Y CROIS PAS...
IL A DÉMISSIONNÉ DE SON POSTE DE GÉNÉRAL !
BLA
BLA
DU CALME, ENFIN...
BLA
ET IL A AUSSI QUITTÉ SA RÉSIDENCE...
POUR PARTIR AVEC SON ZHEN.

C'EST LA FAUTE DE CAI HONG !
CE FOUTU POULET ARC-EN-CIEL... !!
JE VAIS LE PASSER À LA BROCHE, TU VAS VOIR !
LE MANGE PAS APRÈS, TU VAS T'EMPOISONNER ...
BLA
ガヤ
BLA
ガヤ
......
......
MAIS D'AILLEURS...
ÇA MARCHE PLUS, VOTRE HISTOIRE.
BLA
SES AILES, ELLES SONT DEVENUES TOUTES BLANCHES.
J'EN REVENAIS PAS.
J'AVAIS JAMAIS VU UN ZHEN COMME CELUI-LÀ.

[FIN]

[Herbe des tanneurs]

[Trisulfure d’arsenic] [Cinabre]

[Sulfate de cuivre]

[Arsénopyrite] [Hématite]

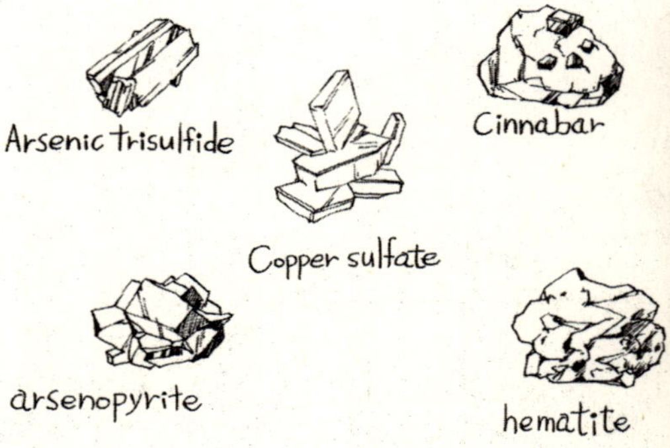

Dans notre race...
nous pouvons engendrer le fruit...
de la plus belle des fleurs.
Hein ?
Comment ça tu fais pas de fruit ?
POF
POF
Je pensais que tu en ferais forcément un jour, moi.
Dire que je te trouvais déjà bizarre, comme fleur.
Et au final je suis couvert de pollen, mais ça sert à rien.
Dé... Désolé.
Je suis une fleur sans fruit.
Je ne produis ni fruit ni nectar.
Mais... Je...

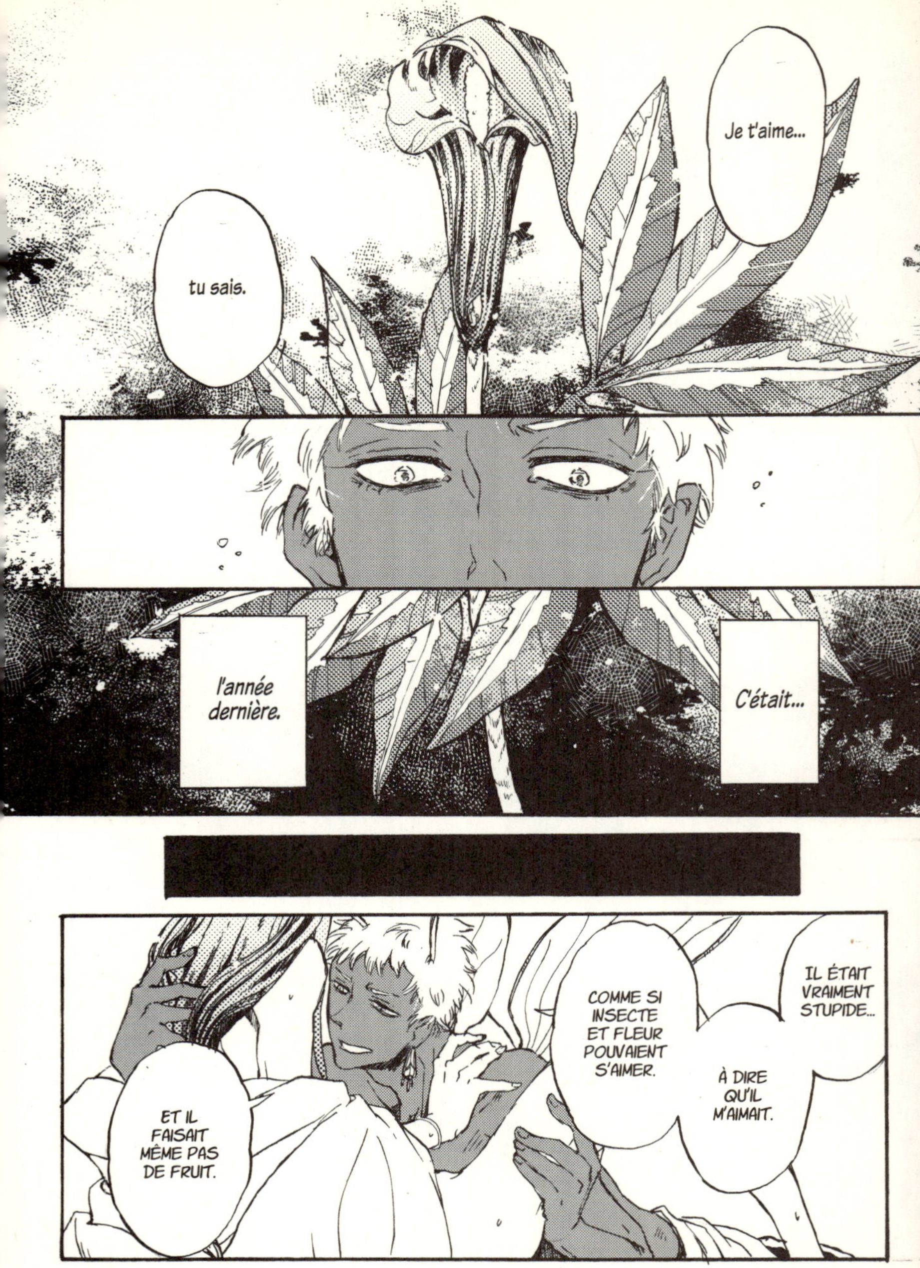

Je t'aime...
tu sais.
C'était...
l'année dernière.
IL ÉTAIT VRAIMENT STUPIDE...
À DIRE QU'IL M'AIMAIT.
COMME SI INSECTE ET FLEUR POUVAIENT S'AIMER.
ET IL FAISAIT MÊME PAS DE FRUIT.

MAIS BON...
ÇA M'A PAS EMPÊCHÉ DE FAIRE CE QUE J'AVAIS À FAIRE.
FFF
ET SI TU TE RENSEIGNAIS UN PEU, PETIT IGNORANT.
C'EST L'ANNÉE IDÉALE POUR POLLINISER CETTE FLEUR.
LE RESTE DU TEMPS, ELLE FLEURIT ET SE FANE EN RESTANT STÉRILE.
TU N'AS PAS EXAGÉRÉ UN PEU SUR LE NOMBRE DE TES CONQUÊTES, POUR ÊTRE AUSSI COUVERT DE POLLEN ?
Pff
J'Y PEUX RIEN...
TU AVAIS L'AIR TELLEMENT APPÉTISSANT...
Oh ! Ça sent bon !
MÊME S'IL Y AVAIT RIEN À L'INTÉRIEUR.
Je reviendrai pas !
À plus tard !
BAH, PEU IMPORTE.
AU FAIT, LA FLEUR QUE TU AS RENCONTRÉE L'AN DERNIER...
IL PARAÎT QU'ELLE EST DEVENUE LA PLUS BELLE D'ENTRE TOUTES.

TU DEVRAIS ALLER LA VOIR.
PEUT-ÊTRE QU'ELLE TE LAISSERA GOÛTER À SON « FRUIT » ?
A... Alors, je...
l'année prochaine, je deviendrai la plus belle des fleurs.
Et si je peux produire un fruit, je te laisserai le manger.
Et...
Je ne te laisserai plus...
aller voir aucune autre fleur.

WAOUH...
C'EST UNE FLEUR SANS ÉGALE, C'EST SÛR !
AH...
AH... !
QU...
QU'EST-CE QUE TU FAIS ICI !?

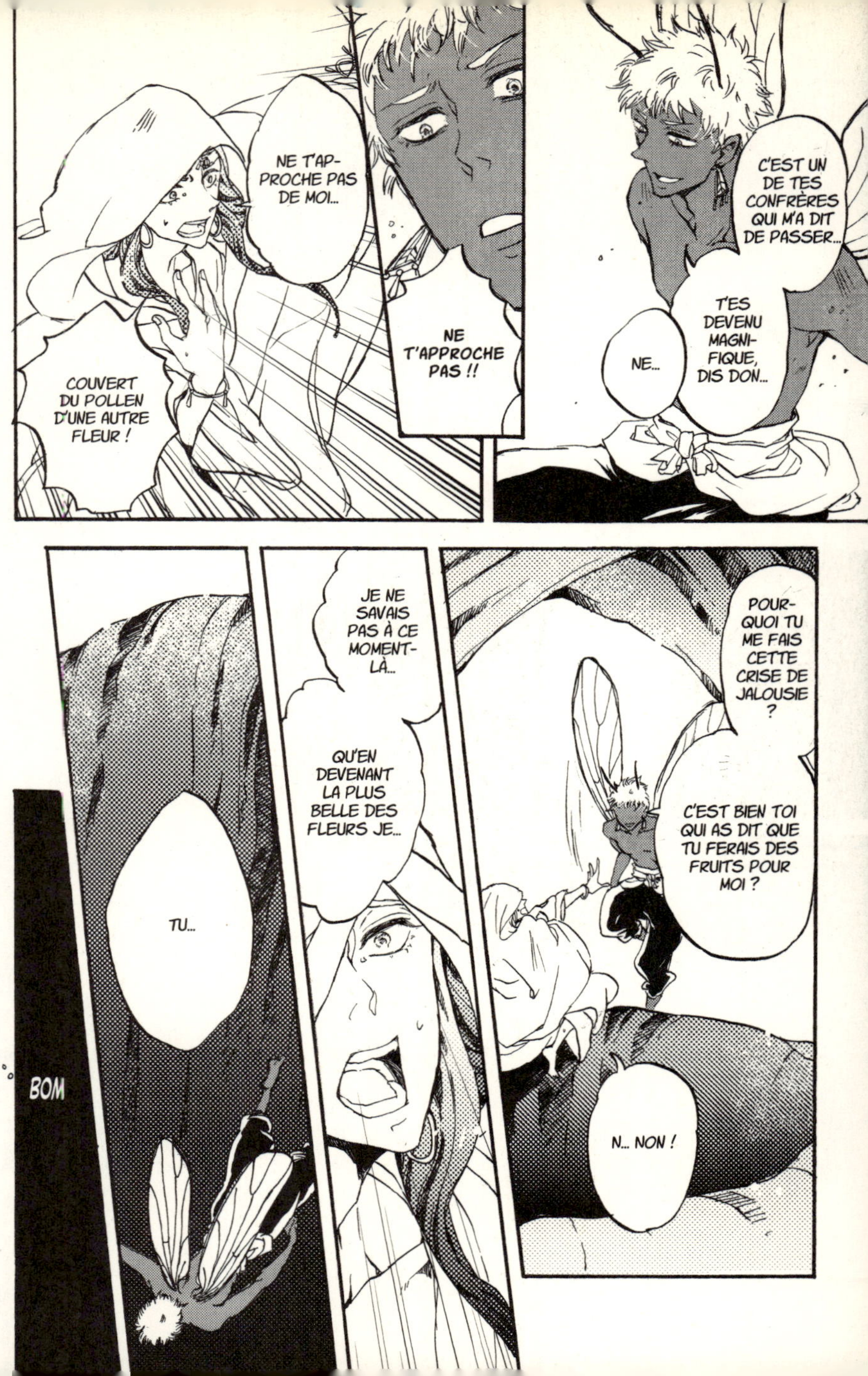
C'EST UN DE TES CONFRÈRES QUI M'A DIT DE PASSER...
T'ES DEVENU MAGNIFIQUE, DIS DON...
NE...
NE T'APPROCHE PAS !!
NE T'AP-PROCHE PAS DE MOI...
COUVERT DU POLLEN D'UNE AUTRE FLEUR !
POUR-QUOI TU ME FAIS CETTE CRISE DE JALOUSIE ?
C'EST BIEN TOI QUI AS DIT QUE TU FERAIS DES FRUITS POUR MOI ?
N... NON !
JE NE SAVAIS PAS À CE MOMENT-LÀ...
QU'EN DEVENANT LA PLUS BELLE DES FLEURS JE...
TU...
BOM

IL N'Y A PAS DE TROU POUR SORTIR SUR LE CÔTÉ, ICI ?
IL FAIT ÉTRANGEMENT SOMBRE...
VISIBLEMENT ON NE PEUT PAS REMONTER...
MAIS... MAIS ATTENDS...
COMMENT JE RESSORS, MOI ?
IL N'Y A PAS...
DE SORTIE.

JE SUIS UNE ARISÈME DRAGON.
EN DEVENANT LA PLUS BELLE DES FLEURS CETTE ANNÉE...
J'AI FERMÉ LA SORTIE AUX INSECTES.
TU NE POURRAS JAMAIS T'ÉCHAPPER D'ICI...
ET JE VAIS...
PORTER MES FRUITS GRÂCE AU POLLEN COLLÉ À TON CORPS.
LA PLUS BELLE DES FLEURS...
EST AUSSI LA PLUS POSSESSIVE.
[FIN]

[Champignons]

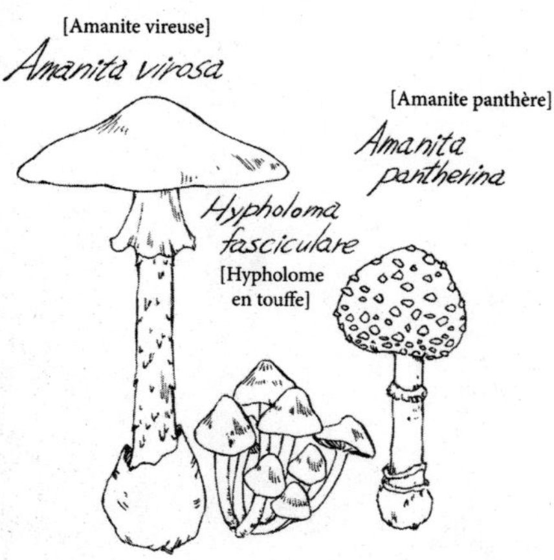

Arisaema serratum (テンナンショウ)

[Histoire bonus]

TOUT SALE...
BONJOUR, FEI !
T'as pas mis longtemps !
.....
J'AVAIS UN MAUVAIS PRESSENTIMENT, ALORS JE SUIS RENTRÉ PLUS VITE QUE PRÉVU.
Qu'est-ce qui s'est passé ?
CLOP
CLOP
JE VEILLAIS SUR DES BÉBÉS CORBEAUX QUAND LEURS PARENTS SONT ARRIVÉS, ILS ÉTAIENT TRÈS MÉCONTENTS...
.....
DIS, CAI HONG...
Ça va bien ?
HMPH
.....
LAISSE TOMBER, ON VA RENTRER.
NOM
JE CROIS TE L'AVOIR DÉJÀ DIT, MAIS...
AH.

TU SAIS, SANS TON POISON, TU POURRAIS ÊTRE VICTIME DE GENS MAL INTENTIONNÉS.
OUI.
EN PLUS, TU NE PEUX PAS PORTER D'ARMES, TU ES LA CIBLE IDÉALE...
OUI, OUI.
TU M'ÉCOUTES, AU MOINS ?
MAIS CES LÈVRES-LÀ NE FONT PAS TRÈS OISEAU, NON ?
AAAH, C'EST VRAI.
ILS VISENT TOUT SAUF LA TÊTE.
BLEH
.....

LES GENS SONT IMPRÉVISIBLES...
BAH...
JE SUIS TROP HEUREUX POUR QUE ÇA M'INQUIÈTE...
Je suis heureux.
Je peux voler librement grâce à mes ailes...
les animaux ne me font pas peur...
quand je rentre chez moi, je retrouve Fei...
qui m'est d'une aide précieuse.
Mais...
CLAC
CLAC

.....
Elles te plaisent vraiment ?
Ces ailes...
OUI.
Tant mieux alors.
Ah...

DOM
Tu ne veux toujours pas ?
Désolé.
Je sais que maintenant ce n'est pas dangereux mais...
Alors j'attendrai.
Jusqu'à ce que tu sois sûr que ton corps est prêt pour ça.
On n'est pas obligés de se presser, non ?

ET BIEN SÛR...
On...
ne s'est encore jamais embrassés.
on...
FEI... A L'AIR DE MAUVAISE HUMEUR AUJOURD'HUI...
n'est pas encore vraiment devenu un couple.
Il a démissionné de l'armée... et il s'est installé dans un endroit désert, au fond de la montagne.
Ici, avec moi pour seule compagnie.

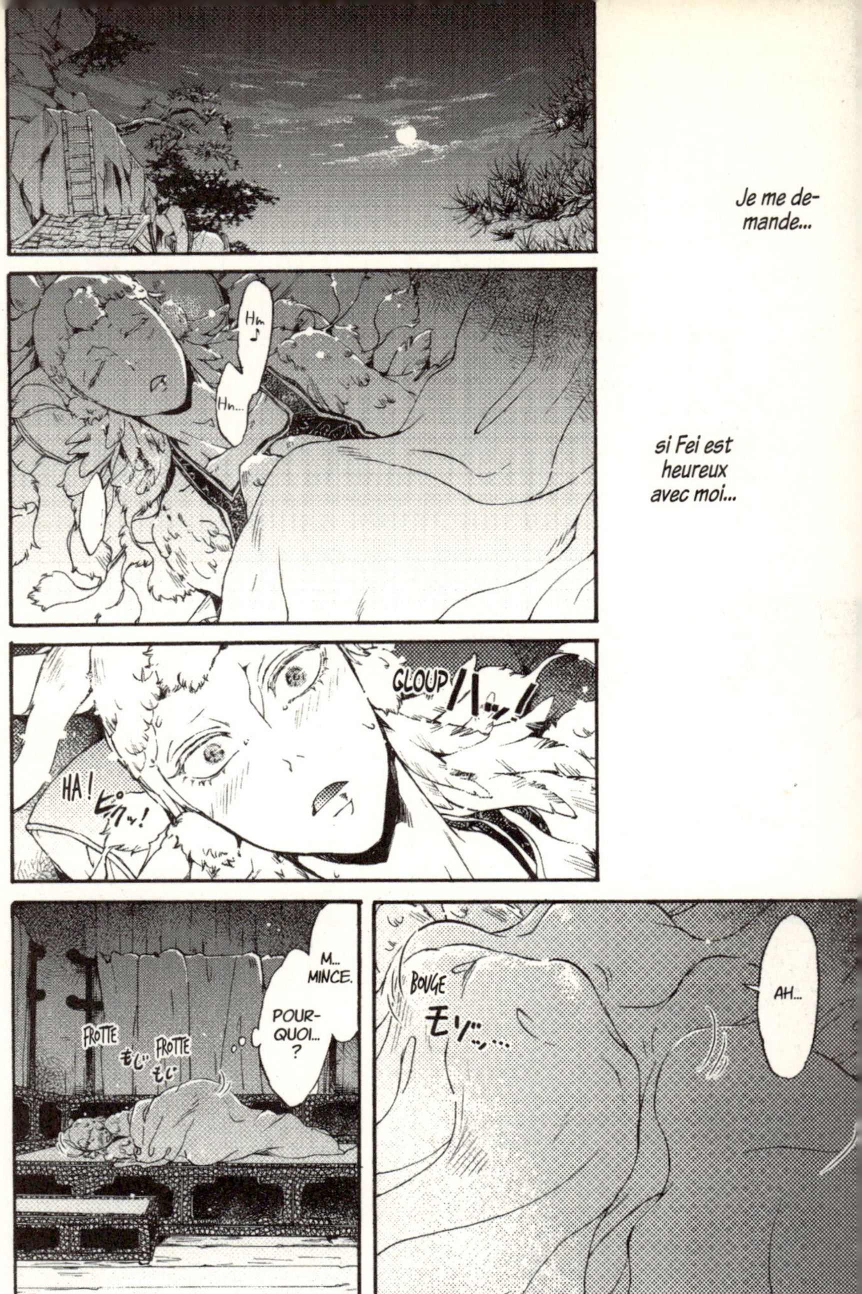
Je me demande...
si Fei est heureux avec moi...
Hm ♪
Hn...
GLOUP ハッ!
HA! ピクッ!
AH...
BOUGE モゾッ...
M... MINCE.
POURQUOI...?
FROTTE もじ
FROTTE もじ

Je suis excité...
QUE... QU'EST-CE QUE JE FAIS ?
PEUT-ÊTRE QUE FEI EST RÉVEILLÉ ?
BRR
ÇA N'EST JAMAIS ARRIVÉ DEPUIS QUE JE SUIS ICI...
MAIS...
FROTTE
FROTTE
.....
CAI HONG ?
GLOUPS
JE...
BUVAIS UN PEU ET JE T'AI ENTENDU BOUGER.
TOUT VA BIEN ?
QU'EST-CE QU'IL Y A ?
EUH ...
EH BIEN...

ha...
ha...
スル..
hnn...
.....!
BRR!
ビクン..!
Fu...
haa
IL EST DUR...
ET IVRE...
Fu...
.....
ÇA FAISAIT LONG-TEMPS, HEIN ?
GLOUPS
TU NE ME DE-MANDAIS JAMAIS RIEN, CES DERNIERS TEMPS...
FROTTE
クル クル
ha!
QU'EST-CE QUI T'ARRIVE AUJOURD'HUI ?
POUSSE
...グ グ グ
AH...
ha ha...
ha

PARDON, FEI.
haa
C'EST TOUJOURS...
TOI QUI T'OCCUPES DE MOI...
haa
AUJOURD'HUI...
TU VOULAIS SÛREMENT ALLER BOIRE AVEC TES AMIS...
QUOI ?
HÉ, J'AI JAMAIS DIT ÇA !
QU'EST-CE QUI TE FAIT CROIRE ÇA ?
C'EST PARCE QUE...
TU AS L'AIR ÉNERVÉ, AUJOURD'HUI.
haa
.....
NON.
J'Y PEUX RIEN.

JE SUIS FRUSTRÉ...
DE NE PAS POUVOIR TOUCHER LA PERSONNE QUE J'AIME.
.....
SURTOUT LÀ.
TU NE M'AS PAS ENCORE LAISSÉ T'EMBRASSER...
FEI...

TU PENSES QUE ÇA IRA ?
LE CHEVAL ET LES OISEAUX SONT TOUJOURS EN VIE, NON ?
MAIS C'EST À TOI...
DE DÉCIDER QUOI FAIRE.
FFR

FRR...
SERRE ...
SMACK
OH !
haa
haa
haa
FEI...
ÇA... VA ?

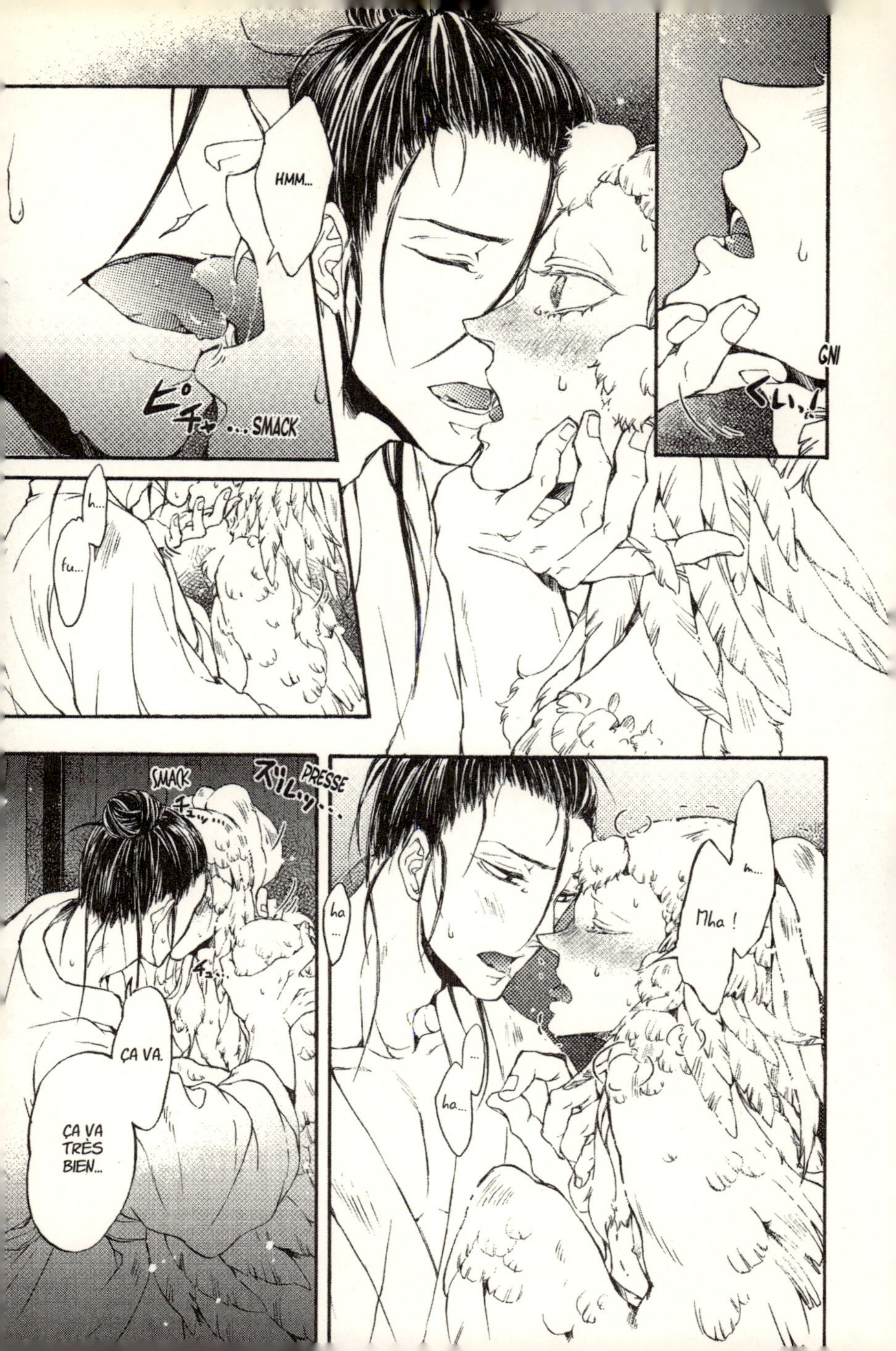
GNI
ぐいっ
HMM...
ピチャ... SMACK
h...
fu...
ズルッ... PRESSE
m...
Mha !
ha...
...
ha...
SMACK
チュッ...
チュ...
ÇA VA.
ÇA VA TRÈS BIEN...

DIS...
CAI HONG.
JE PEUX... ?
Ah ...
SQUISH
Ah...
Oh... !
haa
Aah ...
FRR
ズッ...
FRR
ズッ
SQUISH

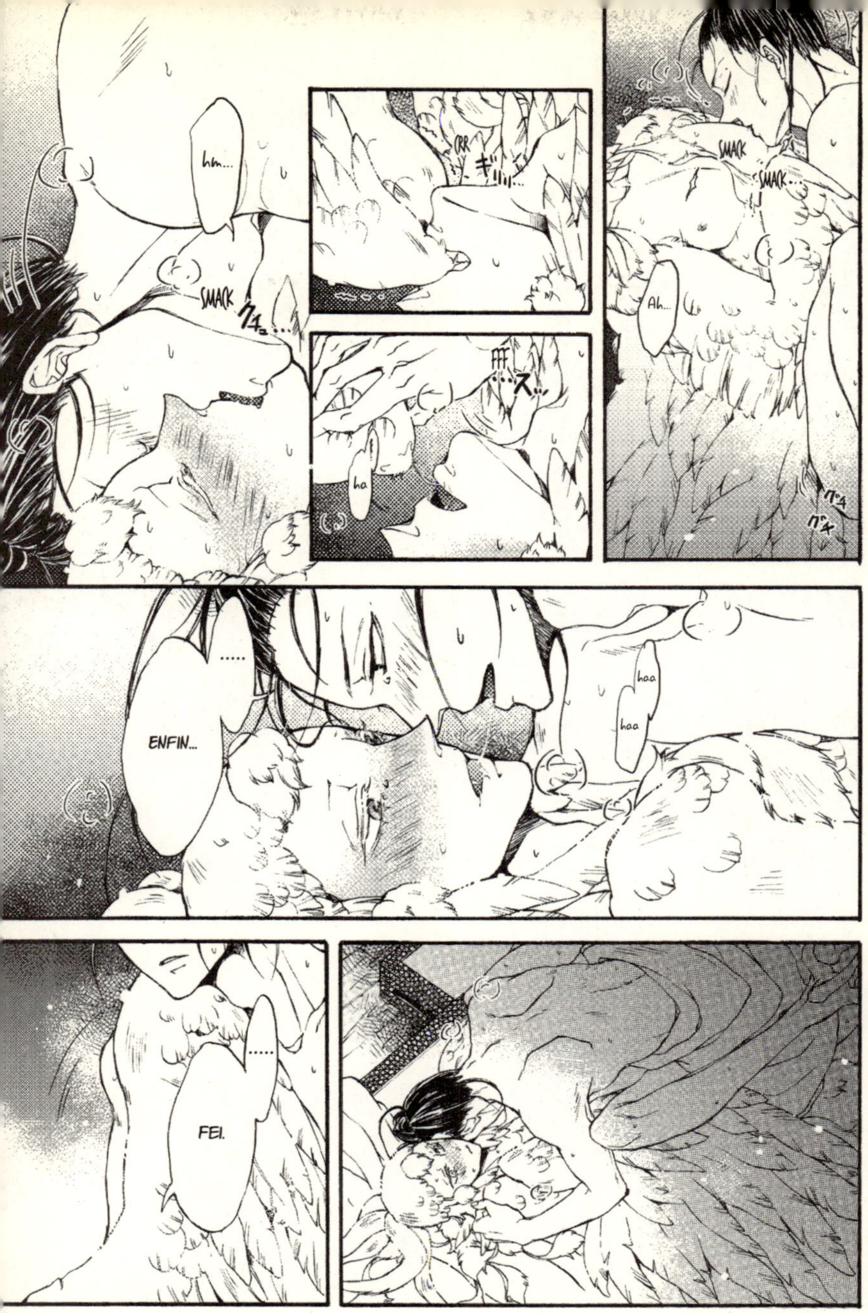
SMACK
SMACK...
Ah...
CRR
FFF...
ha
hm...
SMACK
haa
haa
.....
ENFIN...
.....
FEI.

EST-CE QUE TOI AUSSI... TU ES HEUREUX ?
MORD
ÉVIDEMMENT.

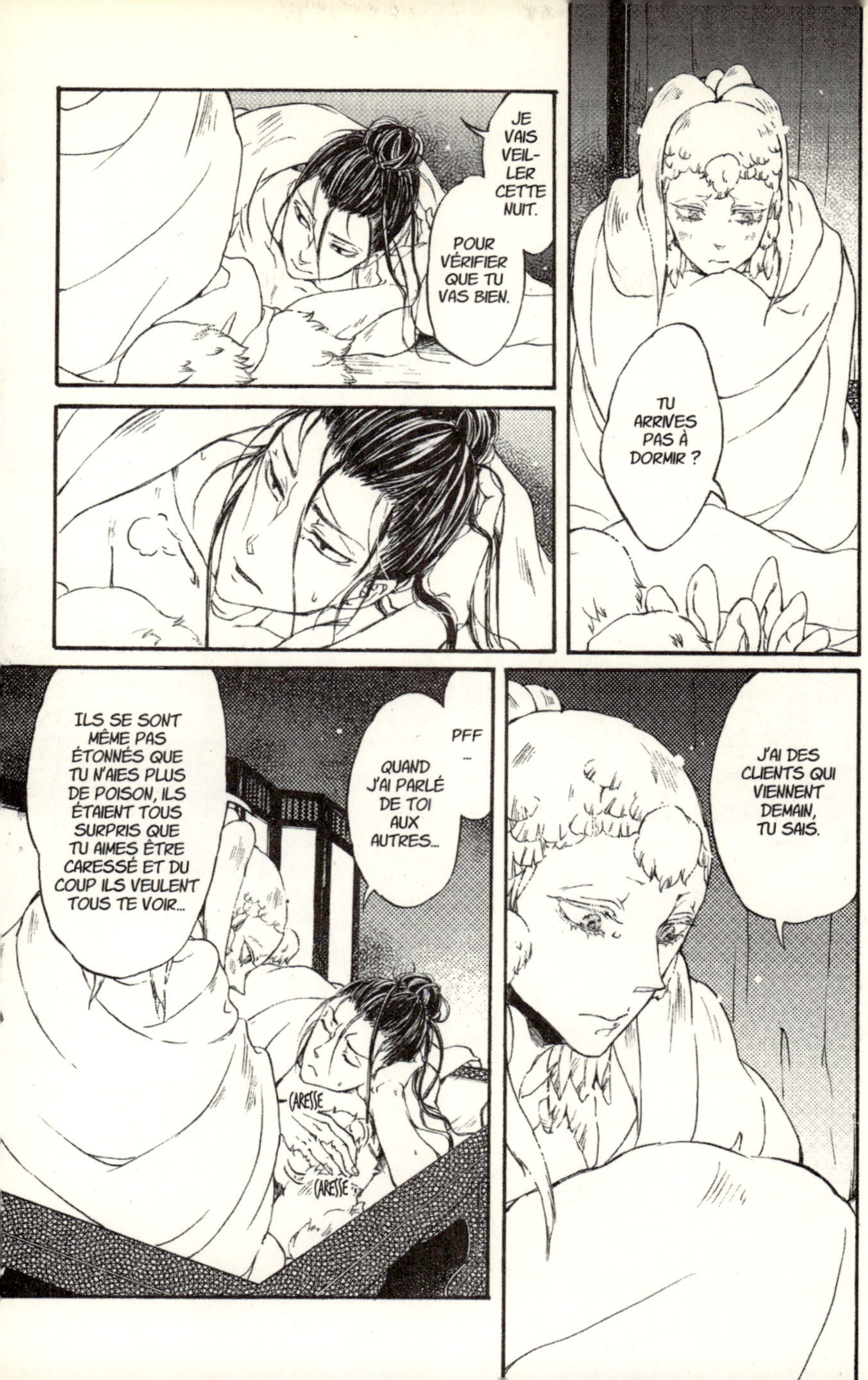
TU ARRIVES PAS À DORMIR ?
JE VAIS VEILLER CETTE NUIT.
POUR VÉRIFIER QUE TU VAS BIEN.
J'AI DES CLIENTS QUI VIENNENT DEMAIN, TU SAIS.
PFF ...
QUAND J'AI PARLÉ DE TOI AUX AUTRES...
ILS SE SONT MÊME PAS ÉTONNÉS QUE TU N'AIES PLUS DE POISON, ILS ÉTAIENT TOUS SURPRIS QUE TU AIMES ÊTRE CARESSÉ ET DU COUP ILS VEULENT TOUS TE VOIR...
CARESSE
CARESSE

JE CROIS QU'ILS VONT NOUS RENDRE VISITE...
HA...
ハァ...
POURQUOI TU FAIS CETTE TÊTE...
C'EST BIEN QUE TES AMIS VIENNENT, NON ?
OUI, C'EST VRAI...
MAIS MÊME S'ILS T'AC-CEPTENT COMME TU ES...
COMMENT MOI JE SUIS CENSÉ TE REGARDER, MAINTENANT, DEMAIN ET TOUS LES JOURS D'APRÈS ?
SI TU AS COMPRIS, ENDORS-TOI, MAINTENANT.
[FIN]

- À Kensaki Ibu pour m'avoir aidée avec les trames
- À mon éditeur qui veille sur moi
- À tous les gens de l'édition, designer et associés
- À tous ceux qui me suivent
Merci infiniment !
Yayohi Monzen – 2015

J'y ai pensé tout à fait par hasard (Yayohi)
WAOUH, C'EST SUPER BON !
D'AILLEURS, C'EST BIZARRE : NORMALEMENT ILS SONT TOXIQUES, MAIS CUISINÉS COMME ÇA ILS PERDENT LEUR POISON.
Un jour, un ami m'a envoyé des œufs de fugu.
Alors peut-être que s'ils étaient élevés dans un environnement où ils ne peuvent pas absorber de poison, on pourrait faire des fugus sans aucune toxicité ?
C'EST POSSIBLE, ÇA ?!
EN FAIT, LE FUGU NE PRODUIT PAS LA TÉTRODOXINE, (COMME SES AMIS LES CHAMPIGNONS OU LES MOULES), IL L'ABSORBE, SINON, IL NE PEUT PAS UTILISER DE POISON...
OOOH, JE VOIS, JE VOIS...
POUF !
Un uke dont le poison est mortel, et qu'il faut extraire, ça c'est chaud ! Il faudrait pouvoir faire quelque chose de son corps !
Oh là lààà... C'est trop sexy !!! Avec un seme ronchon... ! Je veux écrire cette histoire !
ROULE
ROULE
Je ne suis pas satisfaite de tout, mais j'ai aimé dessiner ce manga. Avec tout ce que j'avais rassemblé comme idées, c'est devenu un volume entier. Merci d'avoir lu jusqu'au bout !
OOOOH !
Yayohi Monzen

Date de parution au Japon

Zhenniao Chapitre 1	Canna vol.38 (Octobre 2014)
Zhenniao Chapitre 2	Canna vol.39 (Décembre 2014)
Zhenniao Chapitre 3	Canna vol.41 (Avril 2015)
Zhenniao Chapitre 4	Canna vol.42 (Juin 2015)
Zhenniao Chapitre 5	Canna vol.44 (Octobre 2015)
Devenir la plus belle des fleurs	Canna vol.38 (Octobre 2014)
Bonus	Chapitre inédit

Zhenniao

Hana COLLECTION
www.boys-loves.fr

Adaptation graphique : Studio moshi
Traduit du japonais par : Delphine Deusclade
Responsable Editorial & Production : Anthony Graci

Dépot légal : Avril 2017
ISBN 978-2-36877-545-5

Imprimé par GZ Digital Media as

C'est ce qu'avait dit mon frère.
Aimait-il...
tant que ça cet oiseau ?

*zhen : prononcer 'djeun'